COMMENT DRESSER
VOTRE DRAGON

Ce livre est dédié à mon meilleur ami Krokmou.
H.H.H. III

La traductrice dédie ce livre à son frère CASPAR,
avec tout son amour et son admiration.

Avertissement :
toute ressemblance avec des
personnes ou des événements
réels serait purement fortuite
et inopinée.

Publié par Hodder Children's Book, Londres,
sous le titre original : *How to Train Your Dragon*
© Cressida Cowell pour le texte et les dessins, 2003
© Édition J'ai lu, 2004, pour la première édition
et la traduction française
© Casterman, 2005, pour la présente édition

Comment dresser votre Dragon

par

Harold Horrib' Haddock III

traduit du vieux norrois
par **Cressida Cowell**

traduit de l'anglais par Antoine Pinchot

casterman

Novices de la tribu des Hooligans Hirsutes

Harold

Halen le Fétide

Glok le Nabot

Findus

Mandal
le vandale

Poingserré

Pork
la verrue

Rustik
le morve

SOMMAIRE

Note de l'auteur 7

1. Comment capturer un dragon 8

2. La maternité des dragons 20

3. La gloire ou l'exil 36

4. Comment dresser votre dragon 50

5. Le vieux Clovisse 65

6. Au plus profond de l'océan 71

7. Le réveil de Krokmou 73

8. À la dure 85

9. Peur, gourmandise, vanité, vengeance
et blagues idiotes 93

10. Le jour de Thor 107

11. Thor n'est pas content 129

12. La Mort Verte 146

13. Face de poulpe 156

14. Un plan diaboliquement génial 165

15. La bataille de la pointe du Crâne 175

16. Un plan pas si diaboliquement génial 179

17. Dans la gueule du dragon 182

18. Le courage de Krokmou 186

19. Harold le Génial 193

Un dernier mot de l'auteur 203

Harold Horrib' Haddock, troisième du nom.

Note de l'auteur

Lorsque j'étais petit garçon, le monde grouillait de dragons. Il y avait de Grands Dragons à l'air sinistre qui volaient à la perfection et faisaient leur nid dans les falaises ; il y avait des Petits Bruns inoffensifs qui chassaient les souris et les rats en bandes organisées ; il y avait des Dragons de Mer gros comme vingt baleines bleues qui tuaient par plaisir.

Aujourd'hui, ces espèces ont pratiquement disparu de la surface de la terre sans laisser un os ou une canine pour témoigner de leur existence. Afin que ces créatures merveilleuses et terrifiantes ne tombent pas dans l'oubli, j'ai pris la plume pour vous raconter une aventure qui m'est arrivée au cours de mon enfance. À cette époque, j'étais différent des autres jeunes Vikings de mon village. Pour être tout à fait franc, je n'étais ni très robuste, ni très courageux.

Et pourtant, voilà comment je suis devenu un héros.

1. Comment capturer un dragon

Il y a très longtemps, sur l'île de Beurk, une terre sauvage balayée par des vents glacés, vivait un petit Viking au nom très étrange et très compliqué.

Ce matin-là, Harold Horrib'Haddock, troisième du nom, héritier de la tribu des Hooligans Hirsutes, avait horriblement mal au ventre. Il se trouvait sur une petite plage, à l'extrémité de l'une des pointes les plus désolées de l'île. En compagnie de neuf garçons de son âge, il s'apprêtait à passer le test de capture de dragon, épreuve indispensable pour devenir officiellement membre de la tribu. La neige tombait à gros flocons.

– ÉCOUTEZ-MOI BIEN, vous autres ! hurla Tronch le Burp, le Viking chargé de l'instruction des futurs Hooligans Hirsutes. Lors de cette mission commando, c'est Harold qui dirigera la manœuvre.

– Oh, non, protesta Halen le Fétide. Vous ne pouvez pas lui confier une telle responsabilité, monsieur. C'est un INCAPABLE.

Tronch le Burp

Harold Horrib'Haddock, troisième du nom, héritier de la tribu des Hooligans Hirsutes, se moucha lamentablement dans sa manche.

– Choisissez N'IMPORTE QUI, mais pas Harold, ricana Rustik le Morveux. Tenez, même Findus serait plus efficace.

Précisons que Findus louchait terriblement, était aussi myope qu'une méduse et souffrait d'une violente allergie aux reptiles.

– SILENCE ! grogna Tronch le Burp. Le prochain qui ouvre la bouche, je le mets au régime bulots pendant TROIS SEMAINES.

Les garçons observèrent aussitôt le silence. Ils détestaient ces coquillages qui ressemblaient à la fois à des vers de terre et à des crottes de nez, mais avec beaucoup moins de goût.

– Harold dirigera la manœuvre, point final ! Tronch n'avait jamais appris à parler. Il ne savait que crier. C'était un géant de deux mètres dix au regard dément, dont la barbe ressemblait à un ourson mal coiffé. Malgré le froid intense, il portait un short en poils de yack et un petit gilet en cuir de cerf qui laissait apparaître des muscles hypertrophiés et une peau plus rouge qu'un homard. Il tenait une torche enflammée dans son poing gigantesque.

— Nous savons tous que Harold est un incapable, mais c'est le fils du CHEF. C'est comme ça que les choses se passent, chez nous, les Vikings. Où est-ce que vous vous croyez ? À Rome ? Nous ne sommes pas en république, ici ! Vous êtes réunis pour prouver que vous êtes de véritables héros vikings. Selon la tradition de la tribu des Hooligans, vous devez…

Tronch fit une pause un peu théâtrale.

— … CAPTURER UN DRAGON !

« Mille palourdes ! » pensa Harold en tremblant comme une feuille.

— Les dragons, c'est notre spécialité, mugit le géant. Les humains sont des mauviettes. Ils dressent des faucons pour la chasse et des chevaux pour poser leurs fesses dessus. Nous, les HÉROS VIKINGS, nous sommes les seuls à pouvoir apprivoiser la plus sauvage, la plus redoutée de toutes les créatures terrestres. Tronch cracha dans la neige.

"Milles palourdes !"

11

– Cette épreuve d'initiation se déroulera en trois phases. La première est la plus dangereuse. Il s'agit d'un test destiné à évaluer votre courage et vos talents de voleur. Si vous souhaitez faire partie de la tribu des Hooligans Hirsutes, vous devez capturer l'une de ces bestioles. C'est pour ça que je vous ai amenés ici, au pied de la falaise des Dragons Sauvages.

Les dix garçons levèrent les yeux vers la paroi sombre et sinistre qui s'élevait au-dessus de leurs têtes. En été, elle grouillait de dragons de toutes les tailles qui hurlaient et se donnaient des coups de bec. Leurs cris à glacer le sang résonnaient dans toute l'île de Beurk.

Mais en hiver, l'endroit était silencieux. Les dragons hibernaient dans leur caverne. Tout juste entendait-on quelques ronflements lointains. Harold en percevait les vibrations à travers la semelle de ses sandales.

– Maintenant, dit Tronch, regardez attentivement cette falaise. À peu près au centre, vous pouvez apercevoir quatre grottes dont la disposition rappelle la forme d'un crâne. Joli, non ?

Les garçons hochèrent la tête.

– À l'intérieur de la grotte située en haut à gauche – l'œil droit de la tête de mort, si vous préférez – se trouve la maternité des dragons. À L'HEURE OÙ JE VOUS PARLE, elle abrite plus de trois cents jeunes dragons.

– OOOH ! firent les garçons tout excités.

Harold avala sa salive avec difficulté. Il en connaissait long sur les dragons. Fasciné par ces créatures depuis son plus jeune âge, il avait passé des journées entières à les observer en secret. Il savait pertinemment que s'aventurer dans une grotte abritant un tel nombre de créatures sauvages était un acte de pure folie. Ses compagnons, eux, semblaient totalement inconscients du danger.

– Dans quelques minutes, chacun de vous prendra l'un de ces paniers, puis vous escaladerez la falaise. Une fois que vous serez à l'entrée de la grotte, vous devrez vous débrouiller seuls. Je suis beaucoup trop gros pour me glisser dans les tunnels qui mènent à la caverne des dragons. Bien entendu, vous vous efforcerez d'agir EN SILENCE.

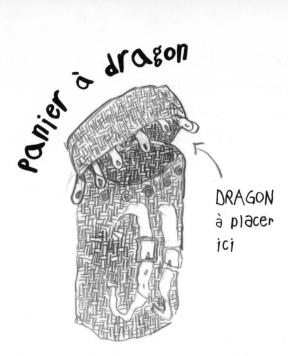

panier à dragon

DRAGON
à placer
ici

En principe, ces petits dragons sont parfaitement inoffensifs. Mais là, vu leur nombre, j'aime mieux vous dire qu'ils se jetteront sur vous comme des piranhas à la moindre occasion. Il ne restera de vous qu'un petit tas d'ossements avec un casque posé au sommet. Oui, parfaitement, même toi qui es gras comme un morse, Pork la Verrue. AH, AH, AH, AH ! Tronch rit de bon cœur à son propre mot d'esprit, puis il essuya ses larmes d'un revers de manche avant d'ajouter :

– Une fois dans la grotte, chacun de vous capturera UN dragon endormi. Vous soulèverez votre spécimen

DÉLICATEMENT et vous le placerez dans votre panier. Des questions ?

Les garçons secouèrent la tête.

– Si par MALHEUR, ou par BÊTISE, vous réveillez les dragons, courez aussi vite que possible vers la sortie. Les dragons n'aiment pas les basses températures et la neige les dissuadera probablement de se lancer à votre poursuite.

« Probablement ? s'étonna Harold. Voilà qui est rassurant. »

– Je vous conseille de choisir votre dragon avec le plus grand soin. N'oubliez pas que cette créature pêchera et chassera à votre place jusqu'à la fin de vos jours. Plus tard, vous le chevaucherez au cours des batailles. Prenez le plus gros animal qui puisse tenir dans votre panier et ne TRAÎNEZ pas dans la grotte.

« Traîner ? pensa Harold. Traîner dans une grotte infestée de DRAGONS endormis ? »

– Si vous ÉCHOUEZ, je vous conseille de ne pas reparaître devant moi. Tout élève qui ne parviendra pas à capturer l'une de ces bestioles sera immédiatement banni de la tribu. Il n'y a pas de place pour les RATÉS chez les Hooligans Hirsutes. Seuls les plus forts survivront !

Harold contempla l'horizon. Il ne distinguait que de la neige et de l'eau salée, à perte de vue. Il n'était pas très emballé à l'idée d'être chassé de son village.

– C'EST PARTI. Prenez un panier à dragon.

Les garçons se précipitèrent joyeusement sur les hottes d'osier en bavardant avec excitation.

– Moi, se vanta Rustik le Morveux, je vais capturer un Cauchemar Monstrueux, bien affreux, avec des griffes rétractiles.

– N'importe quoi, dit Poingserré. Tu sais très bien que seul Harold a le droit de posséder un Cauchemar Monstrueux, en tant que fils du chef Stoïk la Brute.

– HAROLD ? ricana Rustik. S'il est aussi nul en chasse au dragon qu'au crâne-ball, je suis prêt à parier qu'il n'arrivera même pas à nous ramener un Petit Brun.

Le cauchemar
Monstrueux

Le Petit Brun était le type de dragon le plus répandu, une bestiole qui pouvait rendre de nombreux services, mais qui n'avait rien de très impressionnant.

Le Petit Brun

– FERMEZ-LA, BANDE DE LARVES ! tonna Tronch le Burp. ET METTEZ-VOUS EN RANG !

Les garçons s'alignèrent en silence, paniers sur le dos. Le géant les passa en revue, allumant leurs torches une à une.

– DANS UNE DEMI-HEURE, SOIT VOUS SEREZ DE VRAIS GUERRIERS VIKINGS, AVEC DE FIDÈLES REPTILES À VOS CÔTÉS… SOIT VOUS PRENDREZ LE PETIT DÉJEUNER EN COMPAGNIE DU DIEU WOTAN AU PARADIS DES BARBARES, AVEC DES CROCS DE DRAGON PLANTÉS DANS LE DERRIÈRE ! LA GLOIRE OU LA MORT !

– LA GLOIRE OU LA MORT ! répétèrent en hurlant huit garçons.

« Ben, la mort, alors », pensèrent tristement Harold et Findus.

Tronch porta une corne de brume à sa bouche.

– Je crois bien que c'est, de très loin, le **PIRE MOMENT** de mon existence, murmura Harold. S'ils continuent à hurler comme ça, ils vont réveiller les dragons avant même que nous ayons atteint la grotte.

Tronch souffla dans son instrument.

– **BROOOOOON ! BROOOOOON !**

2. La maternité des dragons

À présent, cher lecteur, tu dois avoir compris que Harold n'avait ni la force, ni le courage, ni le caractère brutal d'un vrai héros viking. En fait, il ne RESSEMBLAIT même pas à un guerrier. Il était petit et plutôt maigrichon. Son visage était absolument insignifiant, criblé de taches de rousseur et surmonté de cheveux rouges très clairs qui se dressaient à la verticale quelle que soit la quantité d'eau de mer dont il les arrosait pour essayer de les apprivoiser. Heureusement, peu de gens pouvaient apercevoir sa tignasse sous le casque qu'il gardait enfoncé sur la tête, comme tout bon Viking qui se respecte.

Rustik le Morveux

Rustik, lui, était grand, musclé et couvert de tatouages horribles. Il commençait même à avoir de la moustache. Bon, c'est vrai, ce n'étaient encore que quelques poils blonds assez désagréables à regarder mais, pour ce garçon qui n'avait pas encore fêté ses treize ans, c'était un formidable signe de virilité.

Rustik était fort et adroit. Il réunissait toutes les qualités d'un chef barbare. Halen le Fétide était déjà aussi grand que son père et il pouvait faire plein de trucs rigolos, comme interpréter l'hymne national de l'île de Beurk en rotant.

Bref, ce matin-là, **PERSONNE** n'aurait parié que Harold allait devenir le héros de cette aventure.

Après s'être époumoné dans sa corne, Tronch partit à la recherche d'un rocher confortable afin d'y dévorer son sandwich moules-crudités.

– Bon, écoutez-moi, les gars, chuchota Rustik, l'air menaçant. À partir de maintenant, c'est MOI qui commande. Moi seul, vous comprenez ? Pas Harold l'Incapable. Quelqu'un n'est pas d'accord ? Quelqu'un veut goûter aux phalanges de Halen le Fétide ?

Ce dernier émit un grognement stupide et frappa ses poings l'un contre l'autre avec excitation. Il était l'âme damnée de Rustik, une espèce de gorille qui lui obéissait au doigt et à l'œil.

– Frappe-le, mon pote, histoire de leur montrer ce qui les attend s'ils me manquent de respect.

Halen donna une grande claque à Harold. Le pauvre petit Viking s'étala dans la neige tête la première.

– Eh, les gars, siffla Rustik. Attachons-nous les uns aux autres avec des cordes. Le meilleur grimpeur passera le premier.

– Ben, c'est TOI, le meilleur grimpeur, fit remarquer Findus. Tu es le meilleur en tout, pas vrai ?

– C'est exact, dit-il. C'est précisément CE QUE JE SUIS.

Il fixa le bigleux d'un air soupçonneux. Il était incapable de dire s'il se moquait de lui ou s'il parlait sérieusement, à cause de son impressionnant strabisme.

– Frappe-le, Halen, fit-il, juste au cas où.

Du revers de la main, la brute épaisse envoya Findus rejoindre Harold dans la neige. Les deux petits Vikings se relevèrent sans protester et s'attachèrent en dernier, juste derrière Halen.

– Ouais, génial, murmura Findus. Je suis sur le point de visiter une grotte pleine de reptiles amateurs de chair humaine, attaché à huit fous dangereux.

– Et encore, si on arrive jusqu'à la grotte, ajouta nerveusement Harold, levant les yeux vers la falaise noire et abrupte.

Il plaça la torche entre ses dents et entama la périlleuse ascension.

◆ ◆ ◆

Escalader la paroi verticale était un exercice particulièrement délicat. Non seulement la neige rendait les prises glissantes, mais les garçons, surexcités, grimpaient beaucoup trop vite. À mi-chemin, Glôk le Nabot posa le pied sur un bloc de glace et bascula dans le vide. Halen le retint par le fond du pantalon avant qu'il n'entraîne tout le monde dans sa chute. Lorsqu'ils eurent tous atteint l'entrée de la grotte,

Harold se pencha pour observer les vagues déchaînées qui s'écrasaient contre les rochers, plusieurs centaines de mètres plus bas. Il eut beaucoup de mal à avaler sa salive.

– Détachez-vous ! ordonna Rustik, visiblement impatient d'affronter le danger.

Il se mit à ricaner.

– À toi l'honneur, Harold. TU es le fils du chef, après tout. Si l'un des dragons EST réveillé, tu seras le premier à le savoir. Que les choses soient bien claires : une fois à l'intérieur de la caverne, c'est chacun pour soi. Seuls les plus forts survivront !

S'il est vrai que Harold n'était pas un Hooligan Hirsute comme les autres, c'est-à-dire totalement débile et dangereusement psychopathe, ce n'était pas pour autant un trouillard. Avoir peur, après tout, ce n'est pas forcément être un lâche. En vérité, il était au moins aussi courageux que ses compagnons. Lui, il savait ce qu'étaient réellement les dragons. Après avoir escaladé la falaise au péril de sa vie, après avoir jeté un coup d'œil au tunnel puant, long et tortueux qui s'enfonçait dans la paroi, il ne s'était pas enfui en courant. Pourtant, il n'appréciait pas particulièrement les tunnels puants, longs et tortueux, surtout lorsque ces derniers menaient à une caverne où grouillaient des créatures de cauchemar. Les parois ruisselaient d'humidité. Par endroits, le boyau était si étroit qu'il devait ramper en tenant sa torche entre les dents. Après dix longues minutes de progression au cœur de la falaise, la puanteur – une odeur salée d'algues et de têtes de cabillaud pourries, pour être précis – se fit de plus en plus forte, au point de devenir carrément insupportable. Puis le tunnel déboucha sur une vaste caverne faiblement éclairée par des vers luisants gras et gluants, collés çà et là sur la roche.

Il y avait plus de dragons que ne l'avait prévu Harold. En vérité, il n'avait même pas imaginé qu'il puisse en exister autant sur toute la surface de la terre. Il y en avait de toutes les formes, de toutes les tailles et de toutes les couleurs. Ils dormaient profondément, entassés les uns sur les autres, occupant chaque centimètre carré de la grotte. Certains étaient accrochés au plafond, la tête en bas, comme des chauves-souris géantes. Ils ronflaient à l'unisson, produisant un son si profond qu'il pénétrait jusqu'aux entrailles du petit Viking. La vibration secouait ses tripes et ses boyaux. Elle forçait son cœur à battre à la même cadence.

Si un seul de ces innombrables monstres se réveillait, il alerterait ses congénères et les garçons mourraient dans d'atroces souffrances. Harold avait déjà vu un cerf s'approcher un peu trop près de la grotte. Il avait été taillé en pièces en quelques secondes. « IL NE FAUT PAS y penser, IL NE FAUT PAS y penser », se répétait-il.

Par chance, aucun de ses compagnons n'avait l'habitude de penser à quoi que ce soit. L'ignorance peut se révéler très utile dans certaines circonstances. Leurs yeux brillaient d'excitation tandis qu'ils pénétraient un à un dans la caverne en se pinçant le nez. Comme prévu, ils se dirigèrent directement vers les dragons les plus gros et les plus repoussants.

Rustik se précipita vers un Cauchemar Monstrueux à l'aspect cruel et vicieux. Il était le fils de Kroupgra la Brioche, le petit frère de Stoïk la Brute. Il avait prévu de se débarrasser de Harold, un jour, afin de devenir le chef de la tribu des Hooligans Hirsutes, un leader violent et sadique, bien entendu. Pour cela, il aurait besoin d'un dragon extraordinairement gros, laid et méchant.

Une bagarre silencieuse éclata entre Pork la Verrue et Halen le Fétide. Ils convoitaient le même animal : un Gronk, espèce sauvage pourvue d'une épaisse carapace et de canines aussi longues et aiguisées que des couteaux de cuisine, des crocs si nombreux que la pauvre bête ne pouvait même pas fermer correctement la gueule. Halen parvint à s'emparer du dragon, mais il le laissa tomber en essayant de le fourrer dans son panier. Ses écailles provoquèrent un fracas épouvantable sur le sol de la caverne.

Le Gronk ouvrit tout grand ses yeux de crocodile. Les garçons retinrent leur souffle.

Le monstre avait l'air absent, complètement dans le cirage. Était-il éveillé ou endormi ? Harold remarqua que sa troisième paupière, aussi fine qu'une toile d'araignée, était restée close.

Le Gronk

Après quelques secondes d'un suspense insoutenable, le dragon referma les yeux. Chose surprenante, aucun de ses congénères ne se réveilla. Pas un grognement, pas un soupir. Ces bestioles étaient si profondément endormies que rien ne semblait pouvoir les déranger.

Harold avala sa salive, adressa une prière silencieuse au dieu Loki, le saint patron des opérations commando, et se dirigea vers l'animal qui lui paraissait le plus inoffensif. Il n'avait qu'une idée en tête : quitter cette caverne au plus vite.

◆ ◆ ◆

Peu de gens savent que les dragons refroidissent en dormant. Certains spécimens peuvent même atteindre un état proche du coma. Leur corps devient alors aussi froid que la glace et leur cœur cesse pratiquement de battre. Ils peuvent rester dans cet état pendant des siècles. Dans de telles conditions, seul un expert hautement qualifié est capable de distinguer un dragon vivant d'un dragon mort. En revanche, la peau d'un dragon éveillé ou légèrement endormi est aussi chaude qu'une baguette de pain qui sort du four.

Harold dénicha un reptile de taille raisonnable.

Il posa une main sur ses écailles puis, les jugeant suffisamment froides, le fourra dans son panier aussi rapidement et discrètement que possible. C'était un Petit Brun parfaitement banal qui n'avait pas encore atteint la moitié de sa taille adulte. «JE L'AI FAIT! JE L'AI FAIT! JE L'AI FAIT!» pensa-t-il avec enthousiasme. Puis il jeta un coup d'œil aux garçons qui regagnaient calmement la sortie. Apparemment, tous avaient réussi à s'emparer d'un animal.

Tous sauf Findus. La peau du petit garçon était écarlate, couverte d'urticaire. Il se dirigeait d'un pas lourd vers un groupe de Dragons Vipères empilés les uns sur les autres, tout en se grattant furieusement les avant-bras. Or, Findus était encore plus nul que Harold en opérations commando.

Harold s'arrêta net.

– Ne fais pas ça, chuchota-t-il. PAR PITIÉ, ne fais pas ça.

Mais l'esprit du pauvre petit Viking était encore plein des moqueries et des ricanements de ses compagnons. Il n'avait qu'une idée en tête : se trouver un chouette dragon et gagner le respect des autres garçons. Hélas, il louchait si fort qu'il pouvait à peine distinguer ces derniers des monstres endormis. Il tendit lentement la main vers la créature située tout en dessous du tas de reptiles, la referma sur une patte et tira dessus de toutes ses forces. La pile s'effondra dans un enchevêtrement de pattes, d'ailes membraneuses et de mâchoires. Les garçons poussèrent un bref cri d'effroi.

Tous les Dragons Vipères dressèrent la tête, se lancèrent quelques regards ahuris, puis se rendormirent aussitôt. Tous sauf un. Un spécimen plus imposant que les autres avait gardé les yeux ouverts. Harold nota avec soulagement que sa troisième paupière était restée close.

C'est alors que Findus lâcha quatre **GIGANTESQUES** éternuements qui résonnèrent comme des coups de tonnerre contre les murs de la caverne. Le grand Dragon Vipère demeura parfaitement immobile, semblable à une repoussante gargouille. Sa gorge émit un ronronnement inquiétant puis, très lentement, sa paupière glissa vers le haut.

– Oh oh, murmura Harold.

Le monstre tourna son museau vers le misérable humain qui avait osé le réveiller.

Ses yeux jaunes de chat clignèrent frénétiquement

puis, déployant brutalement ses ailes, il avança avec souplesse dans sa direction, comme une panthère noire prête à bondir sur sa proie. Il ouvrit sa gueule immense et fit frétiller sa langue fourchue.

– COUUUUUREZ ! hurla Harold en empoignant Findus par le bras.

Les garçons se précipitèrent vers le tunnel. Les deux petits Vikings furent les derniers à l'atteindre. N'ayant pas eu le temps de récupérer leurs torches, ils s'élancèrent dans la pénombre. Le panier contenant le Petit Brun ballottait violemment dans le dos de Harold, lui arrachant un gémissement à chaque foulée. Ils n'avaient que quelques secondes d'avance. Déjà, ils entendaient des battements d'ailes et des rugissements furieux provenant de la caverne. Pas de doute, les dragons s'étaient lancés à leur poursuite.

– Je n'ai pas réussi à attraper un dragon, haleta Findus.

– C'est le CADET de nos soucis. Ils sont en train de gagner du terrain.

– Je n'ai pas réussi, je n'ai pas réussi, répétait le petit Viking.

– Oh, pour L'AMOUR DE THOR !

Excédé, Harold s'arrêta.

– Bon, allez, prends **MON** dragon.

– Mais…

– Fais ce que je te dis, bon sang ! Donne-moi ton panier vide et attends-moi ici.

Il fit volte-face et revint sur ses pas, s'engouffrant à plat ventre dans une partie étroite du tunnel. Les rugissements se faisaient plus proches et plus menaçants.

– **QU'EST-CE QUE TU FABRIQUES ?** cria Findus d'une voix désespérée.

Quelques instants plus tard, la tête de Harold réaparut dans l'ouverture.

– Il n'y a pas une seconde à perdre. Ils arrivent.

Soudain, un rugissement proche, tout proche, leur fit dresser les cheveux sur la tête. Un Cauchemar Monstrueux avait glissé son museau dans l'ouverture. Les garçons pouvaient voir ses crocs étincelants se refermer avec avidité sur le vide. Apparemment, il était trop gros pour franchir cette portion étroite du tunnel.

– Vite, filons d'ici avant que cet imbécile n'ait l'idée de replier ses ailes ! lança Harold.

Il se baissa pour ramasser un caillou et le lança de toutes ses forces contre les naseaux de l'animal qui recula en poussant un cri d'indignation. Les deux garçons prirent leurs jambes à leur cou. Quelques mètres plus loin, ils aperçurent de la lumière.

– La sortie ! s'exclama Findus.

D'un bond, il franchit l'ouverture. Harold s'apprêtait à le rejoindre lorsque le dragon jaillit de l'obscurité dans un hurlement furieux. Le petit Viking lui donna un coup de poing sur le museau, le forçant à reculer de quelques mètres. Il glissa son torse à l'extérieur, mais son poursuivant planta ses crocs dans son mollet droit. Harold continua à ramper avec l'énergie du désespoir, entraînant l'animal hors de la grotte. Il sentit alors des mains puissantes se refermer autour de ses bras et le tirer.

– Allez, **SAUTE**, mon garçon, dit Tronch en assommant le dragon d'un formidable coup de poing. Il y en a d'autres qui arrivent !

– Comment ça, « **SAUTE** » ?

Harold jeta un coup d'œil au bas de la falaise.

– Nous n'avons pas vraiment le temps de discuter, déclara le géant.

Deux monstres se jetèrent sur lui. Il les attrapa par le cou et fracassa leurs crânes l'un contre l'autre. Il repoussa un autre agresseur à l'aide de son ventre monumental et remarquablement élastique.

– Vas-y, nom d'un chien, **SAUTE** !

Harold ferma les yeux et plongea dans le vide. Progressivement, il prit de la vitesse. Beaucoup trop de vitesse. Il percuta la surface de l'eau avec une telle violence qu'il eut, l'espace d'un instant, l'impression d'avoir manqué son saut et de s'être écrasé sur la plage de galets. Étourdi par le choc, il coula à pic dans la mer glacée, mais le froid l'aida à reprendre ses esprits. Il barbota jusqu'à la surface, stupéfait d'être encore en vie. Il fut aussitôt balayé par une vague gigantesque : Tronch le Burp venait d'amerrir à quelques mètres de lui.

Harold leva les yeux vers la falaise. Une multitude de dragons jaillissaient de la grotte et fonçaient vers les petits Vikings qui flottaient comme des glaçons dans un verre d'alcool de moules. Il enfonça son casque jusqu'aux oreilles et ferma les yeux. « Ils détestent le froid, ils détestent le froid », se répétait Harold pour se rassurer. Les monstres planèrent longuement au-dessus de leurs têtes avant de rebrousser chemin. Ils se rassemblèrent à l'entrée de la grotte et se mirent à hurler d'abominables insultes en dragonais.

Les petits Vikings parvenaient à peine à se maintenir à la surface, entraînés vers le fond par les dragons terrifiés qui s'agitaient dans leurs paniers. Tronch les repêcha un à un et les déposa sur la plage de galets.

« C'est certain, je ne suis pas un HÉROS, pensa Harold tandis qu'on le soulevait par la peau du cou pour le tirer de l'eau glacée. Mais, au moins, je suis VIVANT. »

3. La gloire ou l'exil

Les garçons s'engagèrent dans le canyon du Cinglé, une gorge étroite encombrée de rochers qui serpentait entre deux falaises. Leur progression était délicate. À chaque pas, leurs pieds dérapaient sur le sol glacé.

Un dragon moins frileux que les autres s'engouffra à son tour dans le canyon et fonça droit sur Pork la Verrue. Il se posa sur son dos, enfonça ses crocs dans ses épaules et entreprit de lacérer consciencieusement ses avant-bras. Tronch le frappa violemment au museau avec le manche de sa hache. Le monstre lâcha prise et s'enfuit à tire-d'aile, zigzaguant entre les flocons gros comme des œufs de mouette. Soudain, une véritable escadrille de reptiles volants apparut à l'horizon. Ils débouchèrent dans le canyon en poussant des cris obscènes et des insultes d'une grossièreté à faire rougir. Les flammes qui jaillissaient de leurs naseaux faisaient fondre la neige dans leur sillage. Toutes griffes dehors, ils descendirent en piqué vers les petits Vikings.

Tronch fit tournoyer une hache à double tranchant au-dessus de son énorme tête chevelue. Il émit un cri bestial qui résonna longuement sur les parois de la gorge. Harold sentit ses cheveux se dresser sur son crâne comme des épines sur la carapace d'un oursin de l'Atlantique Nord.

Lorsqu'un dragon est séparé de ses congénères, il se montre toujours très prudent. Il ne se risque à affronter l'ennemi que lorsqu'il n'a plus la moindre possibilité de s'enfuir. En revanche, lorsqu'il chasse avec d'autres animaux de son espèce, il fait preuve d'un courage hors du commun. Les créatures qui menaçaient Harold et ses compagnons avaient l'avantage du nombre. Elles savaient qu'elles n'auraient aucun mal à liquider cette misérable bande d'humains dépenaillés.

Tronch lança sa hache. L'arme tourbillonna parmi les flocons puis elle percuta le plus gros dragon de la meute, le tuant sur le coup, avant de poursuivre sa course folle et de disparaître à l'horizon. Les monstres perdirent aussitôt leur assurance. Les plus effrayés prirent la fuite sans demander leur reste, en couinant comme des chiens battus. Les autres se contentèrent d'exprimer bruyamment leur haine des humains en planant à distance respectable de leurs adversaires.

– J'ai perdu ma plus belle hache, grogna Tronch. Allez, dépêchez-vous. Inutile de traîner dans les parages.

Harold n'avait pas besoin d'encouragements pour prendre ses jambes à son cou. Il constata avec soulagement qu'ils avaient atteint l'extrémité du canyon. Les petits Vikings s'éparpillèrent en courant dans les marais, s'affalant régulièrement à plat ventre dans la neige boueuse.

– Halte ! aboya Tronch lorsqu'il estima qu'ils se trouvaient désormais en sécurité.

Il compta soigneusement ses élèves afin de vérifier qu'aucun d'entre eux ne manquait à l'appel.

Quelque temps plus tôt, il avait passé dix minutes très déplaisantes à l'entrée de la grotte. Les questions s'étaient bousculées dans sa tête hirsute. Pourquoi tout ce vacarme dans le tunnel ? Qu'allait-il bien pouvoir dire à Stoïk la Brute si Harold, son héritier adoré, s'était fait tailler en pièces par les dragons ?

« Il faut que je fasse preuve de tact et de sensibilité », avait-il songé. Seulement voilà, le tact et la sensibilité n'étaient pas les points forts de Tronch. Après cinq minutes d'intense réflexion, il avait trouvé une phrase qui paraissait convenir : « Harold s'est fait bouffer, chef. DÉSOLÉ. » Il avait passé les cinq minutes suivantes à s'arracher anxieusement des poils de barbe.

Il était donc très soulagé d'avoir ramené tous les garçons sains et saufs, mais toute cette aventure l'avait mis de fort mauvaise humeur. Il se planta devant ses élèves débraillés et tremblants, puis il laissa exploser sa rage.

— EN QUATORZE ANS de carrière, je n'ai JAMAIS eu affaire à un tel RAMASSIS DE MOLLUSQUES ! LEQUEL D'ENTRE VOUS A EU LA BRILLANTE IDÉE DE RÉVEILLER LES DRAGONS ?

— C'est moi, dit Harold, même si ce n'était pas tout à fait exact.

– Oooh, **BRAVO, MAGNIFIQUE** ! Notre futur chef qui, à l'âge de dix ans et demi, vient de faire tout son possible pour exterminer la fine fleur de la jeunesse hooligan au cours d'**UN SIMPLE EXERCICE MILITAIRE** !

Halen pouffa.

– Ça te fait rire, toi ? Très bien ! **BULOTS POUR TOUT LE MONDE PENDANT TROIS SEMAINES** !

– Bien joué, Harold, murmura Rustik. Je suis impatient de te voir à l'action sur le champ de bataille.

– **SILEEEEENCE** ! hurla le géant. **C'EST UN EXAMEN, JE VOUS LE RAPPELLE, PAS UNE BALADE DE SANTÉ** ! Au fait, **J'ESPÈRE** que vous avez tous **RÉUSSI** à attraper un dragon…

– Ouais, m'sieur ! s'exclamèrent en chœur les garçons.

Findus jeta un coup d'œil oblique vers Harold.

– J'aime mieux ça. Il ne vous reste donc plus que deux épreuves à accomplir avant d'être admis définitivement au sein de la tribu. À présent, vous allez devoir domestiquer votre dragon. Lui imposer votre volonté. Lui montrer qui est le maître. Vous lui apprendrez à obéir à des ordres

simples, comme « Va chercher », « Rapporte », « Assis », « Couché », et à pêcher à votre place. Je vous conseille de consulter un ouvrage intitulé *Comment dresser votre dragon*, du professeur Yobbish. Vous le trouverez dans le grand hall de l'hôtel de ville, près de la cheminée.

Tronch afficha un petit sourire satisfait.

— Je l'ai volé à la bibliothèque municipale de l'île de Tronchkek, précisa-t-il avec fausse modestie en observant d'un air distrait ses ongles noirs. Juste sous le nez de Hubert, le Bibliothécaire sadique et pervers, qui n'a rien remarqué du tout. Du vol de professionnel, les enfants. PRENEZ-EN DE LA GRAINE.

Pork la Verrue leva le doigt.

— Et si on ne sait pas lire, m'sieur ?

— Arrête de te vanter ! Tu n'as qu'à trouver un crétin pour le lire à ta place. Vos dragons ne vont pas tarder à se rendormir. Ils sont toujours en période d'hibernation, je vous le rappelle. Comme vous l'avez remarqué, ils se tiennent plutôt tranquilles dans leur panier. Ramenez-les chez vous et planquez-les dans un endroit bien chaud. Ils devraient se réveiller dans deux ou trois semaines.

Vous n'aurez alors que **QUATRE MOIS** pour vous préparer à la dernière épreuve de l'examen : la cérémonie d'initiation qui aura lieu à la fête de Thor. Si, ce jour-là, vous parvenez à prouver aux Anciens de la tribu que vous avez correctement dressé votre dragon, vous deviendrez officiellement un Hooligan Hirsute de l'île de Beurk.

Les garçons levèrent le menton pour s'efforcer de ressembler à de vrais Vikings.

– **LA GLOIRE OU L'EXIL !** hurla Tronch le Burp.

– **LA GLOIRE OU L'EXIL !** braillèrent huit des garçons.

« Ben, l'exil, alors », songèrent tristement Harold et Findus.

◆ ◆ ◆

– Je déteste être un Viking, gémit Findus tandis que Tronch et ses élèves titubaient dans les marais menant au village hooligan.

Il était pratiquement impossible de marcher sur l'île de Beurk. En général, il fallait se contenter de patauger dans des marécages, de zigzaguer et de trébucher dans des lacs de boue et des plaines enneigées. L'eau salée creusait des galeries qui formaient un véritable labyrinthe de canaux souterrains. Bien souvent, lorsqu'un Viking posait le pied sur l'herbe, il s'enfonçait jusqu'aux cuisses dans une boue noire et collante.

Les garçons étaient trempés jusqu'aux os. Un vent violent et glacial fouettait leurs visages.

— Super journée, se plaignit Findus. Personne ne m'adressera la parole pendant des **ANNÉES** après ce qui s'est passé. À part toi, bien sûr, Harold, vu que tu es largement aussi nul que moi.

— Merci, répondit ce dernier.

— Ensuite, une petite balade de cinq kilomètres avec un Dragon Sauvage sur le dos.

Le panier de Findus s'agitait dans tous les sens. Apparemment, la créature qui y était enfermée faisait tout ce qui était en son pouvoir pour s'en échapper.

— Et, pour couronner le tout, bulots pour tout le monde !

Harold admit que cette perspective n'avait rien de réjouissant.

— Je peux te rendre ton dragon, si tu veux, dit Findus. Tronch va devenir cinglé quand il s'apercevra que ton panier est vide.

— Mais non, ne t'inquiète pas.

— Mais si, mais si. Et puis C'EST LE TIEN, après tout. Ne te fais pas de souci. Finalement, ce monde n'est pas pour moi. Je vais quitter l'île et essayer de refaire ma vie dans un endroit plus civilisé. Rome, peut-être. De toute façon, je n'ai pas la moindre chance de réussir ce test d'initiation…

— Mais non, pauvre idiot. Ce que j'essaie de te dire, c'est que J'AI un dragon, là, dans mon panier.

— Qu… quoi ?

– Je l'ai attrapé, tout à l'heure, dans le tunnel. Tu sais, lorsque je suis revenu sur mes pas.

– Mais comment tu as fait ? Tu étais dans le noir complet.

– Ben, c'est très bizarre, à vrai dire. J'ai comme… senti sa présence, lorsque nous sommes passés la première fois. Je ne le voyais pas, mais je *savais* qu'il était là. Et tu sais quoi ? J'ai même su que c'était MON dragon. Ensuite, lorsque j'ai rebroussé chemin, je l'ai bel et bien trouvé, couché dans le tunnel.

– Eh, mille méduses ! C'est complètement dingue !

Les deux garçons se remirent en route. Harold était couvert de bleus. Sa morsure au mollet le faisait atrocement souffrir et l'eau salée n'avait rien arrangé. Il était transi et une poignée d'algues venimeuses s'étaient introduites dans l'une de ses sandales.

Quelque chose le chiffonnait. Pourquoi avait-il risqué sa vie pour aider Findus ? Un vrai héros viking ne serait jamais intervenu pour contrarier la volonté des dieux. D'un autre côté, lui qui était persuadé de revenir bredouille au village, il transportait un DRAGON dans son panier.

Tout bien considéré, il était plutôt content de sa journée.

Quelques minutes plus tard, les fortifications du village apparurent à l'horizon.

– On dirait un signe du destin, fit Findus. Tu as senti la présence d'un dragon. C'était peut-être écrit. Et s'il y avait un peu de magie dans tout ça ? Tu es le fils du chef après tout. Tu es l'élu.

Épuisés, les deux garçons firent une halte.

– Oh, je suis certain que ce n'est qu'un Petit Brun ou un Dragon de Jardin, rétorqua Harold en essayant de dissimuler son excitation.

En vérité, il ne pouvait s'empêcher de penser qu'*une créature extraordinaire se trouvait dans son panier.* Après tout, son grand-père maternel, le vieux Clovisse, avait peut-être raison. Il ne cessait de répéter que Harold était destiné à accomplir de grandes choses. Il l'avait lu dans les entrailles de mouette. Et si sa rencontre avec ce dragon n'était que le début de sa métamorphose ? Était-il en train de se transformer, lui que toute la tribu tenait pour un parfait incapable, en un *véritable héros* ?

Harold posa son panier sur le sol boueux.

– Il est tout de même très calme, fit remarquer Findus, soudain moins enthousiasmé. On peut même dire qu'il ne bouge absolument pas. Tu es sûr qu'il est vivant ?

– Il est profondément endormi. Sa peau était froide comme la glace lorsque je l'ai capturé.

Soudain, il eut le sentiment que les dieux étaient de son côté. Il *savait* que son dragon était vivant. D'une main tremblante, il défit la boucle, ôta le couvercle et se pencha au-dessus du panier. Findus se glissa à ses côtés.

Là, blotti au fond du panier, dormait le plus PETIT Dragon de Jardin qu'ils aient jamais vu. La plupart des dragons que les Vikings utilisaient pour la chasse avaient la taille d'un labrador. Celui-là était comparable à un caniche nain.

– En voilà un, de signe ! s'exclama Harold. Toi, tu tentes d'attraper un Dragon Vipère et tu te retrouves avec un Petit Brun. Moi, je capture un dragon dans l'obscurité et je récupère un Dragon de Jardin. Ce que les dieux essaient de nous dire, c'est que ni toi ni moi ne sommes destinés à devenir des héros.

– C'est le cadet de MES soucis. Mais, toi, tu dois à tout prix devenir un héros. Rappelle-toi que tu es le fils du chef, bon sang !

Findus replaça le panier sur les épaules de son ami, puis ils se traînèrent péniblement jusqu'aux portes du village.

– En tout cas, J'ESPÈRE sincèrement que tu y arriveras. Je n'ai aucune envie d'être commandé par Rustik sur le champ de bataille. Quelle stratégie militaire digne de ce nom pourrait bien germer dans sa grosse tête de crétin ?

Harold n'écoutait pas les paroles réconfortantes de son camarade. Ce dragon miniature allait le couvrir de honte. Il n'était pas près de perdre sa réputation d'incapable. « Par Thor, pensa-t-il, j'entends déjà ce que va dire Rustik ! »

La chose la plus extraordinaire
à propos de ce dragon
était sa taille minuscule

4. Comment dresser
votre dragon

Les garçons avaient posé leurs paniers devant les portes du village. Ils exhibaient avec fierté les dragons qu'ils avaient capturés. Harold se faisait aussi discret que possible lorsque Rustik se dirigea droit sur lui, s'empara de son panier et l'écarta d'un violent coup de coude.

– Voyons ce que tu nous as ramené, petit génie.

Au moment où il souleva le couvercle, toute expression disparut de son visage.

– QU'EST-CE QUE...

Son menton et ses lèvres furent agités de tremblements puis un son étranglé jaillit de sa gorge, une sorte de gargouillement qui se transforma en un rire tonitruant. Il se frappa les cuisses de toutes ses forces, essayant vainement de reprendre son souffle, tandis que de grosses larmes roulaient sur ses joues. Ses camarades étaient médusés.

– FA-BU-LEUX ! s'exclama-t-il. Mais qu'est-ce que c'est que ça, Harold ? Un lapin nain congelé avec des ailes ? une grenouille volante ? Hé , vous autres, venez voir le terrifiant dragon que notre futur leader a capturé !

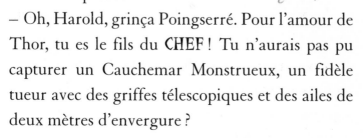

– Oh, Harold, grinça Poingserré. Pour l'amour de Thor, tu es le fils du **CHEF** ! Tu n'aurais pas pu capturer un Cauchemar Monstrueux, un fidèle tueur avec des griffes télescopiques et des ailes de deux mètres d'envergure ?

– Moi, j'en ai un, dit Rustik en souriant. Là, dans mon panier. Je crois que je vais l'appeler **KRAMEDUR**. Et toi, Harold, comment vas-tu appeler le tien ? Kokinou ? Kokette ? Ça y est, je sais : Krokmou !

Le dragon bâilla à s'en décrocher la mâchoire. Une minuscule langue fourchue frétillait entre ses petites gencives roses.

– **IL N'A PAS DE CROCS !** lâcha Rustik. Ce débile a déniché le seul dragon **SANS CROCS** de tout le monde barbare ! C'est trop beau pour être vrai !

Findus prit la défense de son ami.

– Tu ne peux pas posséder un Cauchemar Monstrueux, Rustik le Morveux. Selon les lois de notre tribu, seul le fils d'un chef en a le droit. Tu dois le donner à Harold.

Rustik fronça les sourcils. Il attrapa son interlocuteur par le bras et le tordit cruellement derrière son dos.

– Tu ferais mieux de la fermer, tête de plancton. Je te rappelle que c'est grâce à toi et à tes éternuements que nous avons frôlé la mort. Lorsque je serai le chef de cette tribu, je commencerai par chasser les mauviettes allergiques dans ton genre. Tu n'es pas digne d'être un Hooligan.

– Tu ne seras **JAMAIS** le chef, affirma Findus.

Rustik lui lâcha le bras et se dirigea alors vers Harold, l'air menaçant.

– Ah bon ? Tu crois ça ? Et si nous demandions son avis à notre futur leader ? Tu veux ce dragon, Harold ? Eh bien, tu n'as qu'à venir le chercher.

L'heure était grave. Rustik était en train de remettre en cause une règle viking datant de la nuit des temps. Plus personne n'avait le cœur à rire.

– Tu feras moins le malin lorsqu'il t'aura lancé un défi, dit Findus.

Tous les visages se tournèrent vers Harold.

– Oh, merci, Findus, murmura-t-il. J'avais bien besoin de ça.

Rustik était une grande brute qui adorait distribuer des beignes et des marrons. Il portait des sandales à semelles de bronze, afin de botter les fesses de ses ennemis avec un maximum d'efficacité. Mais Findus avait raison. Il ne pouvait pas laisser ce crétin menacer son titre d'héritier sans passer pour un lâche devant les autres garçons. S'il ne réagissait

pas sur-le-champ, tous les membres de la tribu des Hooligans le considéreraient comme une lavette. Il n'aurait plus qu'à porter un gilet rose, à passer le reste de ses jours à jouer de la harpe et à se faire appeler Gertrude.

– Je te défie, Rustik le Morveux, déclara-t-il solennellement. De par la loi viking, Kramedur m'appartient.

– J'accepte. Au fait, choisis-tu de combattre à la hache ou à mains nues ?

— À mains nues. Soyons **RAISONNABLES**.

— Je vais te montrer de quoi est capable un vrai Hooligan… Mais nous nous battrons **APRÈS** la fête de Thor. Je n'ai pas envie de me fouler un orteil en te bottant l'arrière-train.

— Tu as peur ! ricana Findus.

— **BIEN SÛR** que non ! Tout le monde connaît mes capacités musculaires, mon courage et mon goût pour la violence. Aussi sûr que je serai un jour chef de cette tribu, je sortirai vainqueur de ce duel. Écoutez, franchement, comparez nos dragons. Ça se passe de commentaires.

Son regard se posa sur la petite créature sans crocs.

— D'ici là, je vivrai dans la terreur d'être mâché à mort entre les gencives du **TERRIFIANT** lapin ailé, se moqua-t-il en s'éloignant.

◆◆◆

— Désolé, dit Findus. Je t'ai forcé à le provoquer en duel.

Harold glissa sous son lit le panier où dormait le petit dragon.

— Oh, ne t'en fais pas. C'était inévitable. Tu sais bien que cet imbécile ne pense qu'à se battre. Concentrons-nous sur la prochaine épreuve. J'ai beau me passionner pour les dragons depuis mon plus jeune âge, je n'ai pas la moindre idée de la façon dont il faut les dresser. À vrai dire, ça me semble tout bonnement impossible. Il faut absolument que nous jetions un œil au livre dont a parlé Tronch.

Les deux garçons prirent la direction de l'hôtel de ville. Dans le grand hall, une horde de jeunes barbares hurlants disputait une partie de crâne-ball, un jeu idiot et violent, totalement dépourvu de règles, où tous les coups étaient permis. Harold et Findus se frayèrent un passage jusqu'à la cheminée.

Là, tout près des flammes, était posé un livre à la couverture extrêmement épaisse qu'un scribe avait recouverte de grandes lettres tarabiscotées.

Les deux amis s'en emparèrent fébrilement, impatients d'en savoir plus…

Comment dresser votre DRAGON

PAR LE
PROFESSEUR YOBBISH

Docteur ès Dragonologie,
maître de conférences à l'université
de l'île de Beurk

HACHE LIVRES

Grand prix
du Salon du
livre barbare

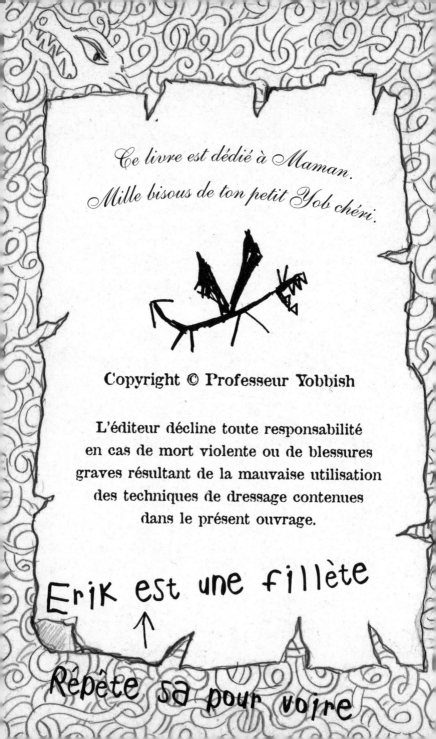

Ce livre est dédié à Maman.

Mille bisous de ton petit Yob chéri.

Erik est une fillète

↑

Répète sa pour voire

BIBLIOTHÈQUE MUNICIPALE

Avertissement de Hubert,
le Bibliothécaire sadique et pervers :
Rendez ce livre avant la date mentionnée
ci-dessous, sous peine de GROS ENNUIS.
Je pense que vous voyez
parfaitement ce que je veux dire.

10 JUIN	789	AD
9 AVRIL	835	AD
16 MAI	866	AD

SI VOUS ÊTES ASSEZ INCONSCIENT
POUR VOLER CE LIVRE, VOUS
SEREZ BATTU À MORT !!!!!

Mon père est plu balèz
→ que le tien.

Cé même pa vrai, d'abor Mon
père, y pourre se fère le tien
tou lé matins au peti déjeuné

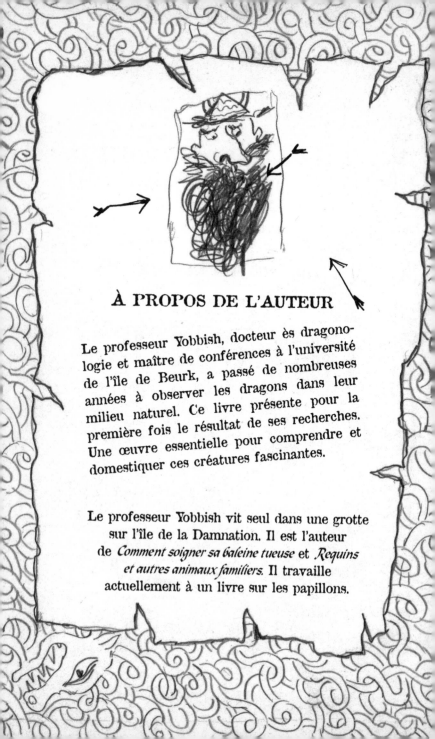

À PROPOS DE L'AUTEUR

Le professeur Yobbish, docteur ès dragono-
logie et maître de conférences à l'université
de l'île de Beurk, a passé de nombreuses
années à observer les dragons dans leur
milieu naturel. Ce livre présente pour la
première fois le résultat de ses recherches.
Une œuvre essentielle pour comprendre et
domestiquer ces créatures fascinantes.

Le professeur Yobbish vit seul dans une grotte
sur l'île de la Damnation. Il est l'auteur
de *Comment soigner sa baleine tueuse* et *Requins
et autres animaux familiers*. Il travaille
actuellement à un livre sur les papillons.

CHAPITRE PREMIER (ET DERNIER)

Pour dresser un dragon, il suffit de...

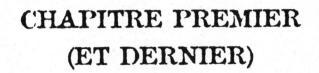

(Et le plus fort possible.)

FIN

DES DIFFICULTÉS POUR DRESSER VOTRE DRAGON?

Vous trouverez dans ce livre **TOUTES** les réponses aux questions que vous vous posez. Grâce aux conseils du professeur Yobbish, vous n'aurez aucun mal à devenir le héros qui sommeille en vous.

LA CRITIQUE EST UNANIME:

« Ce livre a changé ma vie. »
Kalmar le Terrible

« Vachement bien ! »
Le Quotidien de Beurk

« Personne au monde ne crie aussi fort que le professeur Yobbish. Ce livre contient toutes les informations dont vous aurez besoin pour transformer votre dragon en un véritable chaton. »
Le Hooligan libéré

« Ce Yobbish est un génie. »
Viking Magazine

PRIX : 1 POULET,
20 HUÎTRES

– QUOI ? C'EST TOUT ? s'exclama Harold. C'est impossible, j'ai dû sauter des pages !

Il retourna le livre dans tous les sens puis le reposa là où il l'avait trouvé.

– Bon, dit-il en se tournant vers Findus, si tes cris sont aussi minables que les miens, je crois que nous avons perdu notre temps à lire ce bouquin ridicule. Nous allons devoir mettre au point notre *propre* technique de dressage. Maudits dragons !

Stoïk la Brute

5. Le vieux Clovisse

Le lendemain matin, à peine réveillé, Harold se pencha sous le lit pour examiner son dragon qui dormait toujours profondément. Il se dirigea d'un pas traînant vers la cuisine où Stoïk, son père, et Valhallarama, sa mère, prenaient leur petit déjeuner.

– Alors, comment s'est passé ton examen ? lui demanda sa mère.

– Super. J'ai attrapé un dragon.

– C'est bien, mon chéri.

Stoïk la Brute leva la tête de son bol et gronda :

– **FORMIDABLE**, mon fils ! **FORMIDABLE !**

Puis il retourna à son activité préférée, qui consistait à fourrer des quantités prodigieuses de nourriture dans son énorme bouche.

Harold n'avait pas grand appétit. Il grignota une tartine d'un air absent, puis il rejoignit le vieux Clovisse qui regardait le soleil se lever sur l'île de Beurk en faisant des ronds de fumée avec un air satisfait, assis sur un banc devant la maison. C'était un beau matin d'hiver, froid et sec. Il n'y avait pas le moindre souffle de vent et la mer était lisse comme un miroir. Le petit Viking manifesta sa mauvaise humeur en jetant une poignée de cailloux dans les fougères. Puis il prit place près de son grand-père.

– J'ai attrapé un dragon.

– Eh bien, tu vois ? Exactement comme je l'avais prévu.

Depuis qu'il était à la retraite, le vieux Clovisse avait appris à lire dans l'avenir, mais ses prédictions étaient presque toujours inexactes.

– Tu avais parlé d'un dragon *extraordinaire,* d'une bestiole pas comme les autres, d'un animal dont les autres garçons seraient jaloux à en crever.

– C'est exact. C'est exactement ce que j'ai lu dans les entrailles de mouette. Et elles étaient absolument formelles.

– Mon dragon, tout ce qu'il a d'extraordinaire, c'est sa taille RIDICULE. Ah ça, tu peux le dire, il n'est *vraiment* pas comme les autres.

– Oh, oh, oh ! gloussa le vieil homme sans cesser de mordiller le tuyau de sa pipe.

Harold lui lança un regard courroucé.

– Oh, oh, oh… hof, hof, kof, kof, kof.

Clovisse transforma habilement son rire en toux. Il n'avait aucune envie de se fâcher avec son petit-fils préféré.

– Tu sais, la taille, c'est relatif. **TOUS** les dragons vikings sont minuscules. Tu as déjà vu un Dragon de Mer ? Ce genre de monstre est capable d'avaler tout rond dix drakkars sans même s'en rendre compte. C'est un animal cruel, aussi mystérieux que l'océan, tantôt plus calme qu'une coquille Saint-Jacques, tantôt plus agressif qu'un grand requin blanc.

– Arrête de noyer le poisson, tu veux ? Il n'y a aucun Dragon de Mer ici, sur l'île de Beurk, pour que les gens de la tribu fassent la comparaison. Mon dragon est beaucoup plus petit que les autres, c'est aussi simple que ça.

– Ah !

– Comment veux-tu que je devienne un héros avec cet animal ridicule ? En plus, je suis indiscutablement le garçon le moins héroïque de toute la tribu des Hooligans Hirsutes.

– Oublie cette tribu d'imbéciles. D'accord, c'est vrai, tu n'es ni grand, ni méchant, ni doué pour commander. Et alors ? Tu préférerais être comme Rustik ? Toi, il va falloir que tu travailles dur pour devenir un héros, voilà tout. À mon avis, tu es exactement le chef dont cette bande de barbares stupides a besoin. Tu as un style… différent. Tu as de l'**IMAGINATION**. Tu feras un leader intelligent et habile, pas une grande saucisse avec le cerveau d'une huître et des muscles hypertrophiés. Avec toi, ils arrêteront de se quereller pour un oui, pour un non, et resteront unis face à l'ennemi.

– Et comment je vais les persuader de m'obéir ? Ils m'appellent **HAROLD L'INCAPABLE**, je te signale. Ce n'est pas un nom terrible pour un chef de guerre.

– Tu n'es pas une brute épaisse ? On te donne des surnoms humiliants ? Et alors, qu'est-ce que ça peut faire ? Tu es promis à un destin grandiose, j'en suis certain. Seulement, il y a quelques grains de sable dans les rouages de la fortune.

– Des grains de sable ? Des **BLOCS** de granit, oui !
Si je ne parviens pas à dresser ce minuscule dragon
pour la fête de Thor, je serai banni à tout jamais
de la tribu des Hooligans Hirsutes.

– Dresser un dragon, dresser un dragon…, murmura Clovisse. Je crois bien avoir lu un livre sur
ce sujet, il y a très longtemps. Attends que je me
souvienne… Oui, je crois qu'il suffit de…

– … de lui crier dessus, oui, je sais. Mais ce n'est
vraiment pas mon truc. Tu as entendu ma voix ?

– Eh bien, il va falloir que tu t'y prennes autrement. Tu en sais long sur les dragons, Harold. Tu
as passé des années à les étudier.

– Hein ? Comment le sais-tu ? C'est un secret !

– Je t'ai observé. Je t'ai vu leur parler.

– C'est **MÊME PAS VRAI !**

– D'accord, d'accord,
comme tu veux.
Le grand-père
et son petit-fils
boudèrent
quelques
minutes.

– Bon, d'accord, admit Harold. C'est vrai que je connais bien les dragons. Mais, pour l'amour de Thor, ne le dis pas aux autres. Ils ne comprendraient pas.

– Savoir parler aux dragons est une qualité peu ordinaire. Je suis sûr qu'il est plus facile de domestiquer un tel monstre en lui parlant gentiment qu'en lui hurlant dans les oreilles.

– C'est bien beau tout ça, mais je te rappelle qu'il ne s'agit pas d'un chien, d'un chat ou d'un poney. Tu crois qu'il suffit de dire « s'il te plaît » pour se faire obéir d'un dragon ? Moi, pour ce que j'en sais, il me semble que crier constitue une excellente méthode.

– C'est vrai, mais cette technique est un peu limitée. Je doute qu'elle impressionne beaucoup un Dragon de Mer, si tu vois ce que je veux dire. Pourquoi ne recherches-tu pas d'autres solutions ? J'ai toujours pensé que le livre du professeur Yobbish avait besoin d'une bonne mise à jour.

– Non, juste de **PAGES** supplémentaires. Ce livre a besoin de beaucoup plus de pages.

6. Au plus profond de l'océan

Pendant ce temps-là, pas très loin de l'île de Beurk, un Dragon de Mer dormait au fond de l'océan, les pattes à demi enfouies dans le sable. Il reposait là depuis si longtemps qu'il ressemblait à une montagne sous-marine recouverte de coquillages et de bigorneaux.

Des colonies de bernard-l'ermite vivaient dans ses oreilles depuis des générations. Il dormait depuis des siècles et des siècles. Des problèmes de digestion, sans doute. Pour son dernier repas, il avait avalé une légion romaine tout entière. Les militaires campaient au bord d'une falaise lorsqu'il les avait surpris. Il avait passé une agréable matinée à les pourchasser un à un, du général en chef au plus modeste soldat. Chevaux, chars, armes et boucliers, tout avait disparu au fond de son estomac. Même si les fers de lance, les casques et les cuirasses constituaient un excellent complément énergétique, ils n'étaient pas faciles à digérer.

Son déjeuner terminé, le dragon avait plongé au plus profond de l'océan et sombré dans un état proche du coma.

Les dragons peuvent vivre ainsi éternellement, ni tout à fait morts, ni tout à fait vivants, bercés par les eaux glacées. Aucun muscle de ce monstre n'avait frémi depuis plus de sept cents ans.

Une semaine auparavant, une baleine tueuse qui chassait le phoque dans les parages avait cru voir la paupière droite du dragon tressaillir. Elle avait pris ses nageoires à son cou, se promettant de ne jamais plus s'aventurer près des côtes de l'île de Beurk. Dans les jours qui suivirent, cet endroit qui grouillait de mollusques, de crabes, de homards et de poissons se transforma en un véritable désert. Le dragon dormait désormais d'un sommeil plus léger. Il s'était mis à rêver.

7. Le réveil de Krokmou

Trois semaines plus tard, alors qu'il se trouvait seul à la maison en compagnie de Findus, Harold aperçut un petit nuage de fumée bleue qui s'échappait de sous son lit. Il tira le panier hors de sa cachette et ouvrit le couvercle. Le minuscule Dragon de Jardin levait vers son nouveau maître de gros yeux verts pleins d'innocence.

— **Comment vas-tu, Krokmou**[1] ? dit Harold en s'efforçant de soigner son accent dragonais.

— Qu'est-ce que tu fabriques ? demanda Findus.

Il faut préciser que la prononciation du dragonais s'accompagne de petits cris et de claquements de langue qui ont de quoi SURPRENDRE les non-initiés.

— Ben, je lui parle, quoi.

— Tu lui *parles* ? Comment ça, *tu lui parles* ? On ne peut pas parler à un dragon ! Ce n'est qu'un ANIMAL, pour l'amour de Thor !

---

1. Les véritables paroles de Harold furent « Komo shawa, Krokmou ? », mais j'ai préféré les traduire en français pour les lecteurs qui n'auraient pas pratiqué le dragonais depuis longtemps. Voir aussi *le Dragonais facile*, par Harold, pour une initiation à ce langage fascinant.

LE DRAGONAIS FACILE

INTRODUCTION
Si vous souhaitez dresser votre dragon
sans recourir à la sempiternelle technique
du cri, apprenez à parler le dragonais,
un langage aussi élégant et sophistiqué
que celui des humains.

QUELQUES PHRASES
FRÉQUEMMENT EMPLOYÉES :

Shtiplé pa kaka do la méjo.
Ne fais pas tes besoins dans la maison, s'il te plaît.

Pa bo gnak fesh mi mamo.
Mordre les fesses de ma maman, c'est mal.

**Shtiplé, shonti drako, pwish tu
pa awalé mi kamarad ?**
Aurais-tu l'obligeance, gentil dragon, de bien vouloir
recracher mon ami, s'il te plaît ?

Shey kor.
Essaie encore.

— Chut, tu vas lui faire peur.

Krokmou toussa. Quelques ronds de fumée jaillirent de ses naseaux. Il gonfla son cou pour avoir l'air plus impressionnant, comme le font tous les dragons lorsqu'ils sont effrayés ou furieux. Puis il déploya ses ailes et vint se percher sur l'épaule de son nouveau maître. Il pressa son front contre le sien et le regarda fixement. Ils restèrent ainsi, immobiles, nez contre museau, pendant soixante longues secondes. Harold cligna des yeux. Il devait prendre garde à ne pas se laisser hypnotiser par ce minuscule reptile.

« Waouh, pensa-t-il, j'ai vraiment l'impression qu'il se passe quelque chose entre nous. »

Comme pour le rappeler à la cruelle réalité, Krokmou lui mordit le bras. Il avait beau ne pas posséder de crocs, ses mâchoires étaient étonnamment puissantes.

— Poissson, siffla l'animal. Nous voulons du poissson, MAINTENANT !

— Je n'en ai pas, répondit Harold en dragonais.

— POISSSON !

— Qu'est-ce qu'il raconte ? interrogea Findus.

— Il dit qu'il a faim.

Il décida d'élever le ton, histoire de « lui imposer
sa volonté » et de « lui montrer qui était le maître »,
comme Tronch l'avait conseillé.

– Mais NOUS N'AVONS PAS DE POISSON !

– Pas grave. Manger le chat.

Sur ces mots, Krokmou bondit
comme un fauve en direc-
tion de Magouille, le chat de
la maison, qui détala aussitôt, les poils hérissés de
terreur. Harold par-
vint à attraper son
dragon par la
queue avant qu'il
ne se lance à la poursuite
de l'animal. Il se débattit furieusement.

– À MANGER ! hurla-t-il. LES CHATS, C'EST
DÉLICIEUX !

– Tu ne peux pas manger le chat. C'est mon ami. Je
l'aime bien.

Perché sur une poutre, Magouille poussait des
miaulements d'indignation.

Les garçons enfermèrent Krokmou dans la chambre
de Stoïk. Il pourchassa joyeusement des souris

pendant quelques minutes puis, sentant l'ennui le gagner, il entreprit de s'attaquer au matelas avec sauvagerie. Les plumes de mouette volèrent dans tous les sens.

— **ARRÊTE ÇA TOUT DE SUITE** ! hurla Harold.

Pour toute réponse, le dragon recracha les restes d'un souriceau sur l'oreiller.

Des pas lourds résonnèrent à l'entrée de la chambre. La haute silhouette de Stoïk apparut dans l'encadrement de la porte.

— **AAARG** ! brailla-t-il.

« **Un poulet** ! » pensa joyeusement Krokmou en apercevant la barbe du chef viking. Il se jeta sur l'épaisse touffe de poils et la déchiqueta en quelques coups de griffe.

— Dis-lui d'arrêter ça tout de suite ! dit Stoïk.

— Il refuse d'obéir.

— Il faut que tu cries. **FORT, TRÈS FORT** !

— **S'il te plaît, arrête de manger la barbe de mon père** ! hurla Harold de toute la force de ses petits poumons.

Comme il l'avait prévu, Krokmou poursuivit son forfait comme si de rien n'était.

« Ce n'est vraiment pas mon truc », songea anxieusement le petit garçon.

– DESCENDS-DE-CE-LIT-TOUT-DE-SUITE-SALE-VERMINE-PUANTE ! cria alors Stoïk.

Le dragon lâcha prise sur-le-champ et courut se cacher sous le lit.

– Tu vois, mon fils ? C'EST COMME ÇA qu'il faut traiter cette racaille.

Krodfer et Krachebrez, les deux dragons domestiques de la famille, se glissèrent dans la pièce à pas feutrés. Lorsqu'il aperçut leurs yeux cruels, Krokmou frissonna.

– **Bienvenue en enfer, petit cracheur de feu**, siffla Krachebrez.

– **Lorsque nous serons seuls**, gronda Krodfer, **nous t'offrirons un accueil digne de ce nom.**

Sur ce, il donna un vicieux coup de griffe au petit dragon qui poussa un couinement pathétique. D'un bond, il trouva refuge dans la tunique de Harold, ne laissant dépasser que le bout de sa queue.

– KRODFER ! tonna Stoïk.

– **J'ai... j'ai glissé, chef**, gémit le gros reptile.

– DISPARAISSEZ DE MA VUE AVANT QUE JE NE VOUS TRANSFORME EN SACS À MAIN !

Krodfer et Krachebrez rampèrent misérablement hors de la chambre sans cesser de proférer d'épouvantables malédictions dans leur langue natale.

Stoïk la Brute observait Krokmou avec anxiété.

— Fils, est-ce que cette chose est *ton* dragon ?

— Exact.

— Il est très… comment dire… très PETIT, n'est-ce pas ?

Harold hocha tristement la tête.

— Et il n'a pas de crocs, je me trompe ?

Il y eut un silence pesant. Findus décida de tirer son ami de ce mauvais pas.

— C'est qu'il s'agit d'une race très particulière, malheureusement en voie d'extinction. Une espèce rare et… particulièrement violente appelée Sans Crocs des Ténèbres. Génétiquement, ces dragons sont très proches du Cauchemar Monstrueux, mais ils sont encore plus impitoyables.

— Vraiment ? s'étonna Stoïk. Il ressemble drôlement à un Dragon de Jardin, pourtant…

— Aaah, sauf votre respect, chef, voilà une ERREUR lourde de conséquences. Au premier coup d'œil, c'est vrai, il est *parfaitement* identique à un Dragon de Jardin. Mais, si vous l'examinez

attentivement, vous remarquerez les caractéristiques particulières du Sans Crocs des Ténèbres.
Regardez, là…

Findus désigna une petite verrue située à l'extrémité
du museau de Krokmou.

– Par Thor, tu as raison !

– Et encore il ne s'agit pas d'un Sans Crocs des
Ténèbres *comme* les autres. Celui-là est de **SANG
ROYAL** !

– Non !

– Si.

Sous des dehors bourrus, Stoïk était terriblement snob. L'idée que son fils ait réussi à capturer un Sans Crocs des Ténèbres de sang royal le mettait dans tous ses états.

– Félicitations, dit solennellement Findus. Votre fils a capturé l'héritier du roi Drakonius en personne, le Seigneur reptile de la Falaise des Dragons Sauvages. Soyez prudent, chef. À la naissance, les Sans Crocs des Ténèbres ne sont pas très impressionnants, mais en grandissant, ils se transforment en de GIGANTESQUES créatures assoiffées de sang.

– Exactement comme toi, Harold, dit Stoïk en ébouriffant affectueusement les cheveux de son fils.

L'estomac de Stoïk émit un bruit qui ressemblait à une lointaine explosion souterraine.

– Mmmh, j'ai une petite faim. Bon, nettoyez-moi tout ça, les enfants.

Il quitta la chambre à grandes enjambées, tout fier des exploits de son fils.

– Bravo, Findus, fit Harold, et merci. Tu as une sacrée imagination !

– Oh, ce n'est rien, je te devais bien ça. Après tous les ennuis que je t'ai causés…

– Malheureusement, je pense que mon père ne va pas tarder à réaliser que je suis incapable de dresser ce misérable petit dragon.

– Pas forcément. Tu arrives à communiquer avec ce Sans Crocs des Ténèbres. C'est **INCROYABLE, STUPÉFIANT.** À mon avis, tu vas dresser ce dragon en un clin d'œil.

– Je lui parle, c'est vrai, mais il n'écoute pas un traître mot de ce que je lui dis !

◆ ◆ ◆

Ce soir-là, lorsque vint l'heure d'aller se coucher, Harold ne pouvait pas se résoudre à abandonner Krokmou devant la cheminée, en compagnie de Krodfer et de Krachebrez.

– Papa, il peut dormir avec moi ?

– Fils, un dragon n'est pas un petit chienchien à sa mémère. Rien de tel que les bisous et les câlins pour le pourrir et faire disparaître ses tendances criminelles.

– Mais Krachebrez va le tuer !

– **Avec plaisir**, ronronna ce dernier.

– Absurde ! s'exclama Stoïk, qui ne comprenait

pas un mot de dragonais et ne connaissait que quelques ordres appris par cœur.

Il donna un coup de poing amical sur les cornes de l'animal.

– Il veut jouer, voilà tout. Et puis une bonne raclée ne peut pas faire de mal à un jeune dragon.

Harold fit mine de se pencher pour dire au revoir à Krokmou. Discrètement, il le dissimula sous sa tunique et rejoignit sa chambre.

– *Toi, pas un bruit* ! chuchota-t-il.

Le petit dragon ronfla bruyamment toute la nuit. Harold s'en fichait éperdument. Depuis le début de l'hiver, il n'avait jamais cessé de grelotter. Le climat de l'île de Beurk était effroyable. Dans la tribu des Hooligans Hirsutes, dormir avec plusieurs couvertures était considéré comme un lamentable signe de faiblesse.

Le pauvre petit Viking dormait rarement plus de trois heures par nuit.

Il posa les pieds sur le dos de Krokmou et sentit aussitôt une vague de chaleur remonter le long de ses jambes puis réchauffer son ventre, son cœur et sa tête. Il n'avait pas connu une telle sensation depuis au moins six mois. Cette nuit-là, il dormit si profondément qu'une meute de dragons ronflant comme des sonneurs ne serait pas parvenue à le réveiller.

8. À la dure

Harold en savait long sur les dragons. Selon lui, compte tenu de leur mauvais caractère, le professeur Yobbish ne pouvait qu'avoir raison : il n'existait aucun autre moyen de dresser ces sales bêtes que de leur hurler dans les oreilles. Pendant deux semaines, il passa son temps à brailler. Il brailla avec fermeté, il brailla avec rigueur, il brailla avec autorité. Il apprit à froncer les sourcils pour avoir l'air aussi méchant que possible. Hélas, jamais Krokmou ne le prit au sérieux.

Un matin, au petit déjeuner, le petit dragon chipa un saumon entier dans l'assiette de son maître. Harold poussa son cri le plus féroce. Pour toute réponse, Krokmou lui lança un regard dément et envoya valser assiettes, carafes et couverts d'un violent coup de queue.

– Parfait, marmonna-t-il. Je crois que je vais devoir m'y prendre autrement.

Dès lors, il traita son reptile avec une extrême gentillesse. Il lui laissa occuper la partie la plus confortable du lit, se contentant de quelques centimètres carrés au bord du matelas. Il lui offrit autant de homards et de saumons que son estomac pouvait en contenir. Il joua avec lui des heures durant, lui raconta des blagues, lui offrit des souris en guise d'amuse-gueule et lui gratta les écailles entre les ailes chaque fois qu'il le réclamait.

En quelques jours, la vie du petit dragon se transforma en un véritable paradis terrestre.

◆ ◆ ◆

À la mi-février, l'hiver toucha à sa fin. La saison des neiges fit place à la saison des pluies. Chaque soir, avant d'aller se coucher, Harold posait sa tunique froide et détrempée sur le dossier d'une chaise, devant la cheminée. Chaque matin, il la récupérait tiède et mouillée. À cette époque de l'année, les vêtements ne séchaient jamais. Le sol de l'île de Beurk n'était qu'un vaste champ de boue dans lequel chacun s'enfonçait jusqu'aux genoux.

Ce matin-là, Harold était occupé à creuser un trou profond devant la maison.

– Par Wotan, qu'est-ce que tu fabriques ? demanda Findus.

– Je fabrique une piscine de boue pour Krokmou.

– Tu le gâtes trop, ce dragon.

– C'est psychologique. J'essaie d'être compréhensif. Évidemment, tu ne peux pas comprendre. Toi, avec Kornebouc, tu te contentes de pousser des hurlements d'homme des cavernes.

Kornebouc, le dragon de Findus, ressemblait étonnamment à une chèvre. C'était un petit animal paisible doué d'un excellent caractère. Findus le soupçonnait d'être végétarien.

– Il passe son temps à brouter de l'herbe. Du SANG, Kornebouc, du SANG !

Cependant, ce dragon-chèvre était plus obéissant que Krokmou. La technique du cri avait fait merveille.

– Ça y est, Krokmou, j'ai fini, déclara Harold. Amuse-toi bien, mon lapin.

Le dragon cessa aussitôt de pourchasser les mulots et plongea dans la piscine de boue. Il s'y roula avec enthousiasme, déploya ses ailes et barbota comme un bienheureux.

– Lorsqu'il se sera attaché à moi, il m'obéira.

Krokmou avala un demi-litre de boue et le recracha au visage de son maître.

– Harold, les dragons sont les créatures les plus égoïstes de l'univers. Jamais il ne se montrera reconnaissant. Il ne sait même pas ce que ce mot signifie. Allez, laisse tomber. Tu n'as AUCUNE CHANCE.

– Nous, les dragons, affirma Krokmou, nous sommes des machines à survivre. Nous ne sommes pas en adoration pour nos maîtres, comme ces crétins de chiens. Le seul moyen de nous faire obéir, c'est d'être plus grand que nous, de brailler et de nous donner à manger.

– Qu'est-ce qu'il dit ? voulut savoir Findus.

– La même chose que toi, à quelques nuances près.

– Ne jamais faire confiance à un dragon, proclama Krokmou. C'est ce que m'a appris ma maman. Et je suppose qu'elle savait de quoi elle parlait.

Sur ces mots, il jaillit joyeusement de la mare de boue pour attraper le bigorneau que lui tendait son maître.

– Mmmh, délicieux ! On dirait des crottes de nez !

Harold soupira. Krokmou était mignon, de bonne compagnie, un peu quémandeur, peut-être. Pourtant, il suffisait d'observer attentivement ses grands yeux innocents pour réaliser qu'il n'avait aucun principe, aucune morale. Ce regard était vide. Autant essayer de se lier d'amitié avec un crocodile ou un grand requin blanc.

– Je suppose qu'il va falloir que je trouve autre chose, conclut-il en essuyant la boue qui coulait sur son visage.

◆ ◆ ◆

Comme prévu, mars succéda à février. Quelques fleurs commirent l'imprudence de sortir de terre. Elles furent immédiatement anéanties par une impitoyable gelée. Sur l'île de Beurk, la nature était cruelle et blagueuse.

Findus faisait des progrès étonnants. Kornebouc obéissait désormais aux ordres : « Va chercher » et « Au pied ». Harold, lui, se bagarrait toujours pour inculquer à Krokmou quelques principes d'hygiène élémentaires.

– ON NE FAIT PAS CACA DANS LA CUISINE !
cria-t-il pour la centième fois.

À bout de nerfs, il prit l'animal entre ses bras et sortit de la maison.

— Il fait meilleur dans la cuisine, gémit l'animal.

— La grosse commission, c'est DEHORS ! Tu devrais SAVOIR ça, depuis le temps que je te le braille dans les oreilles !

— Nous sommes DEHORS ! Nous sommes DEHORS ! s'exclama joyeusement Krokmou en se soulageant soudainement sur la tunique de son maître.

À ce moment précis, Rustik et Halen le Fétide passèrent devant la demeure de Harold. Ils revenaient de la plage, leurs dragons perchés sur l'épaule.

— Tiens, tiens, ricana le premier. N'est-ce pas Harold l'INCAPABLE que je vois là ? Si, si, c'est lui, et couvert de caca de dragon, en plus. Ça lui va à ravir.

— Erreur, maître, gloussa Kruelus, le dragon de Halen, un horrible Gronk au museau de singe et au caractère épouvantable, c'est un têtard avec des ailes.

Kruelus

— Inexact, renchérit Kramedur, le dragon de Rustik, qui était une grosse brute pleine de muscles comme son maître, il s'agit d'un lapin nain souffrant de problèmes intestinaux.

Krokmou s'étrangla de fureur. Rustik souleva les plis de sa cape, dévoilant des centaines de poissons fraîchement pêchés.

– Regarde ce que Kramedur et Kruelus ont attrapé. Et ça ne leur a pris que quelques heures.

– *Oh, allons, n'en faisons pas tout un plat*, dit Kramedur. **Si je me CONCENTRAIS, j'en ferais autant en dix minutes avec une aile attachée derrière le dos.**

– Je crois que Kramedur pourrait bien devenir un **DRAGON DE CHASSE LÉGENDAIRE**, poursuivit Rustik. J'ai entendu dire que Kornebouc avait un faible pour les carottes. C'est bien.

Kramedur

En revanche, je doute que Krokmou ait le courage de s'attaquer à des légumes. Ce sont des proies un peu trop croquantes pour lui, à mon avis. Il pourrait peut-être essayer de manger des tomates pourries avec une paille, non ?

– OUARF, OUARF, OUARF !

Halen éclata d'un rire si incontrôlable qu'un filet de morve verdâtre jaillit de sa narine droite.

— Fais attention, vieux, intervint poliment Findus, tu es en train de perdre ton cerveau.

Le petit Viking reçut une claque mémorable. Kramedur adressa à son tour un coup de patte à Krokmou, qui crut un instant que ses yeux allaient jaillir de leurs orbites. Puis les deux grandes brutes tournèrent les talons en ricanant, flanquées de leurs fidèles reptiles.

Le petit dragon de Harold attendit qu'ils aient disparu à l'horizon pour cracher des flammes et hurler comme un possédé :

— Bande de mauviettes ! Venez ! Allez, venez ! Vous allez voir de quel bois je me chauffe ! Je vais vous carboniser, moi, ça va pas traîner ! Je vais jouer de la harpe avec vos boyaux ! Du xylophone avec vos vertèbres ! Je vais vous... Je vais vous... Enfin, vous n'avez pas intérêt à remettre les pieds dans les environs !

— Oh, comme tu es courageux, Krokmou ! siffla Harold sur un ton ironique. Si tu étais capable de crier plus fort, je crois même qu'ils pourraient presque t'entendre.

9. Peur, gourmandise, vanité, vengeance et blagues idiotes

Comme tu l'as deviné, cher lecteur, le mois d'avril succéda au mois de mars puis, de façon fort peu originale, le mois d'avril fit place au mois de mai. Les moqueries de Kramedur avaient profondément blessé Krokmou. Depuis ce triste jour, il n'avait pas sali le sol de la cuisine. Hélas, il n'était toujours pas disposé à obéir aux ordres de Harold.

La pluie tombait continuellement mais elle était plus tiède. Des bourrasques balayaient toujours l'île de Beurk, mais elles se faisaient moins violentes. Il était désormais possible de se tenir debout, à la verticale, sans se pencher contre le vent. Harold et Findus étaient sur la plage, bien décidés à mettre à l'épreuve l'obéissance de leurs reptiles.

De temps à autre, des mouettes piquaient droit sur eux et leur donnaient des coups de bec sur le casque, persuadées que les deux garçons se trouvaient là pour voler les œufs dont le sol était jonché. Il faut préciser que les mouettes de l'île de Beurk étaient particulièrement stupides.

– **ATTAQUE**, Kornebouc, **ATTAQUE** ! criait Findus.

Le petit dragon-chèvre restait tranquillement perché sur son épaule.

– Mais vas-tu manger cette mouette, à la fin ! Elle est deux fois plus petite que toi.

Le dragon-chèvre lui lança un regard plein de tendresse.

– Bon, j'abandonne. Je n'ai aucune chance de réussir l'épreuve de pêche lors de la cérémonie d'initiation. Ce dragon n'est pas un prédateur. Qu'est-ce que je peux y faire ?

– Tu t'inquiètes pour si peu ? Regarde un peu où nous en sommes, Krokmou et moi. Ce crétin a encore tout à apprendre. Les ordres de base, l'hygiène, la pêche. Tout.

– Tu es hyper-négatif, Harold.

— Ah, tu crois ? À mon avis, tu ne vas pas tarder à changer d'avis. Allez, finissons-en. Voyons de quoi ces dragons sont capables.

— Va **CHERCHER**, Kornebouc ! hurla Findus.

En théorie, il n'y avait rien de plus simple. Il suffisait de brailler dans les oreilles de l'animal et de lui donner une légère impulsion en soulevant le bras pour qu'il s'envole gracieusement. Kornebouc miaula, se gratta le museau, puis s'éloigna lentement dans les airs en maugréant.

— **Va CHERCHER, Krokmou** ! cria à son tour Harold en soulevant le bras.

Le petit dragon demeura fermement agrippé à son maître.

— J'ai dit : **Va CHERCHER** ! insista-t-il, légèrement excédé.

— *Pour quoi faire ?* demanda le dragon.

— **Va CHERCHER** ! **Va CHERCHER** ! **Va CHERCHER** ! beugla le petit Viking en secouant frénétiquement le bras de haut en bas.

Krokmou s'y accrocha de toutes ses forces.

— **Si tu continues à ne pas obéir,** dit Harold en s'efforçant de conserver son calme, **nous allons tous deux être chassés de la tribu. C'est vraiment ce que tu veux ?**

— **Je comprends parfaitement ton point de vue, mais moi, il se trouve que je n'ai aucune envie d'aller chercher.**

Findus observait la scène avec des yeux ronds.

— Aaah, d'accord. Je comprends mieux. Eh ben, tu n'es pas sorti de l'auberge.

Harold profita d'une seconde d'inattention de Krokmou pour lui faire lâcher prise et le lancer dans les airs. L'animal retomba lourdement sur les galets en laissant échapper un cri perçant puis il se précipita vers son maître, planta ses griffes dans ses sandales et referma ses ailes autour de ses mollets.

— Non. Je ne veux pas aller chercher,  répétait-il avec obstination.

— Bon, voilà où nous en sommes. Vu que ça ne pourrait pas être pire, je vais essayer autre chose.

Harold s'empara du carnet à spirale où il avait noté diverses observations concernant les dragons, espérant y dénicher un renseignement utile. Il lut à voix haute :

— COMMENT FAIRE OBÉIR UN DRAGON : premièrement, LA RECONNAISSANCE.

Il soupira et adressa un regard entendu à son ami.

— Deuxièmement, LA PEUR. Ça, théoriquement, ça marche, mais je n'y arrive pas. Troisièmement, LA GOURMANDISE. Quatrièmement, LA VANITÉ. Cinquièmement, LA VENGEANCE. Mmmh, ce sont des pistes à explorer. Sixièmement, LES BLAGUES ET LES DEVINETTES. Ça, c'est si la situation est vraiment désespérée.

— Pourquoi tu n'essaies pas tout simplement de crier un peu plus fort ? demanda Findus. Pour une fois, sur ce point, je suis d'accord avec Tronch le Burp.

Harold préféra ignorer la remarque. Il se pencha vers le petit dragon qui faisait semblant de dormir, solidement accroché à sa jambe.

— Krokmou, pour chaque poisson que tu me ramèneras, je te donnerai deux homards lorsque nous serons de retour à la maison.

Le dragon ouvrit les yeux.

— Des homards vivants ? Je pourrai les tuer ? Allez, s'il te plaît…

— Non, Krokmou. Je t'ai déjà dit que c'était mal de torturer les plus petits que soi.

— Pouah, tu es tellement rasoir, répondit l'animal en refermant les paupières.

Harold barra le mot « GOURMANDISE », puis il s'éclaircit la gorge.

— Tu es si intelligent et rapide, Krokmou ! Je parie que tu pourrais attraper plus de poissons que tous les autres dragons réunis le jour de la fête de Thor.

— Exact. Au moins deux fois plus. Le problème, c'est que je n'en ai aucune envie.

Harold raya le mot « VANITÉ » de son carnet.

— Tu connais Kramedur, le grand dragon rouge qui passe son temps à t'insulter ?

Krokmou cracha sur le sol.

— Ouais, je le connais ! Il a dit que j'étais un têtard avec des ailes. Que j'étais un lapin qui ne sait pas se retenir de… heu… Je vais le tuer ! le massacrer ! le liquider !

– Eh bien, figure-toi que Kramefur et son maître, l'abruti qui ressemble à un cochon, sont persuadés qu'ils vont remporter haut la main le concours de pêche, le jour de la fête de Thor. Imagine un peu la tête qu'ils feraient si TU emportais le prix du dragon le plus prometteur de l'île de Beurk?

Krokmou lâcha la jambe de Harold et se mit à arpenter la plage de long en large, comme perdu dans ses pensées. Cinq minutes plus tard, il se creusait toujours la cervelle.

– Alors, qu'est-ce que tu en penses? interrogea le petit Viking.

– Je réfléchis, laisse-moi tranquille.

Cinq minutes plus tard, Harold renouvela sa question :

– Alors, qu'est-ce que tu en penses?

– Je t'ai dit que je réfléchissais. Tu es sourd ou quoi?

D'un coup de crayon rageur, Harold raya le mot « VENGEANCE » de son carnet à spirale.

– La tuile, dit Findus. Il ne te reste plus que LES BLAGUES ET LES DEVINETTES. Qu'est-ce que tu attends pour essayer? La situation ne te paraît pas encore assez désespérée?

– Krokmou, déclara Harold, si tu me ramènes un beau maquereau, je te raconterai une blague super-rigolote.

— Chouette, j'adore les blagues.

Le petit dragon vint aussitôt se poser sur le bras de Harold.

— D'accord, je vais faire ce que tu me demandes. Mais ne va PAS croire que c'est par gentillesse, c'est bien compris ?

— Bien entendu, ça va de soi.

— Nous les dragons, nous sommes cruels et méchants. Mais nous adorons les blagues. Allez, raconte-m'en une MAINTENANT.

— Tu me prends pour un imbécile ? ricana Harold. Ramène-moi un maquereau D'ABORD.

— D'accord, d'accord, grinça Krokmou. Si tu le prends comme ça...

Sur ces mots, il s'envola.

Un dragon qui chasse constitue toujours un spectacle extraordinaire, même lorsqu'il s'agit d'une demi-portion comme Krokmou. Il survola la plage en hurlant des insultes aux cormorans plus petits que lui. Lorsqu'il atteignit la mer, l'eau salée sembla réveiller le prédateur qui sommeillait en lui. Il fila au ras des vagues en battant nerveusement des ailes, scrutant les profondeurs à la recherche d'une proie. Soudain, un éclair traversa son regard, puis il prit de l'altitude en décrivant une large spirale. Il s'éleva à une telle hauteur que Harold, en levant la tête à s'en faire craquer les vertèbres, ne voyait plus qu'une minuscule petite tache dans le ciel. Krokmou s'immobilisa l'espace d'un instant, puis il piqua droit vers la surface, filant comme un météore, les ailes repliées le long du corps.

Il fendit les flots sans soulever une éclaboussure. Savais-tu, cher lecteur, que les dragons peuvent rester sous l'eau sans respirer plus de cinq minutes ? Krokmou s'amusa comme un petit fou, pourchassant les poissons les uns après les autres, incapable de fixer son choix sur une proie en particulier. Sur la plage, Harold s'ennuyait ferme. Il étudiait la vie trépidante d'une famille d'huîtres lorsque le petit reptile jaillit triomphalement de l'eau en tenant dans sa gueule un maquereau.

Il déposa le poisson aux pieds de son maître, profita de son élan pour effectuer quelques loopings, puis il vint se percher sur son casque. Il poussa un hurlement de joie, quelque chose qui ressemblait étrangement au cri du coq au petit matin, en plus puissant et plus prétentieux. Il se pencha pour regarder Harold droit dans les yeux, la tête à l'envers.

— Vas-y, raconte-moi une blague.

— Par Wotan, il a réussi ! s'exclama Findus, stupéfait.

— Raconte-moi une blague, VITE.

— Qu'est-ce qui est noir, blanc et rouge ?

— Je ne sais pas.

— Un pingouin qui a attrapé un coup de soleil.

C'était une très vieille blague qui ne faisait plus rire grand monde. Mais, à l'évidence, elle était encore inconnue des habitants de la falaise des Dragons Sauvages. Krokmou la trouva tout simplement irrésistible. Après s'être tortillé de rire pendant de longues minutes, il s'envola de nouveau, bien décidé à attraper des tonnes de poisson et à apprendre des milliers de blagues aussi poilantes que celle du pingouin.

Finalement, ce fut un après-midi très agréable. La pluie avait cessé de tomber, le soleil brillait et Krokmou pêchait avec une efficacité surprenante. Certes, après avoir capturé quelques poissons, il perdit sa concentration et s'aventura à pourchasser des lapins au sommet des falaises. Mais, lorsque Harold lui ordonna de cesser ses bêtises, il obéit sur-le-champ sans proférer le moindre juron. En quelques heures, il parvint à déposer six maquereaux de taille moyenne et un petit requin aux pieds de son maître. Ce dernier était très satisfait.

— Après tout, confia-t-il à Findus, je ne vise pas le prix du dragon le plus prometteur de l'île de Beurk.

Moi, j'espère simplement pouvoir prouver que je contrôle à peu près Krokmou et qu'il est capable d'attraper quelques poissons. Bien sûr, nous allons passer pour des rigolos à côté de Rustik et de sa légende vivante, mais le plus important, c'est que nous réussissions l'épreuve d'initiation.

Le petit dragon déposa un dernier maquereau sur les galets. C'est alors que Findus remarqua un petit objet pointu et brillant sur sa mâchoire inférieure.

– Il a fait sa première dent ! s'écria-t-il.

C'était un excellent présage.

◆ ◆ ◆

Tandis qu'ils cheminaient vers la maison, les garçons croisèrent le vieux Clovisse. Le grand-père de Harold avait passé les deux dernières heures à les observer de loin, assis sur un rocher.

– Très impressionnant, grommela-t-il.

– Votre petit-fils a maintenant toutes les chances de réussir l'examen final, le jour de la fête de Thor, annonça Findus, tout fier de ce qu'avait accompli son ami.

– Vous vous inquiétez encore pour cette *misérable petite épreuve* ? Il y a plus inquiétant, croyez-moi.

Si j'en crois les entrailles de mouette, une tempête effroyable va atteindre l'île dans trois jours.

– *Une misérable petite épreuve ?* s'exclama le petit Viking à lunettes, très indigné. La fête de Thor est l'événement le plus important de l'année. TOUT LE MONDE sera là, la tribu des Hooligans Hirsutes ET celle des Tronchkeks. Je VOUS rappelle que ceux qui échoueront au cours de cette misérable petite épreuve seront condamnés à l'exil et proba-blement dévorés par des cannibales dans les jours qui suivront.

Il tendit l'index vers Krokmou qui se curait le nez du bout des griffes.

– Vous devriez vous réjouir. Ce reptile a fini par devenir raisonnable. Aussi incroyable que cela puisse paraître, Harold a toutes les chances de réussir l'examen.

Poursuivant l'exploration méthodique de ses naseaux, le petit dragon loucha vers l'extrémité de son propre museau, perdit l'équilibre et s'étala de tout son long dans la boue.

– Oui, oui, il a toutes ses chances, murmura Clovisse en jetant un regard inquiet sur Krokmou.

Les trois Vikings regagnèrent le village en silence, indifférents aux gémissements du petit dragon qui se traînait à quelques pas derrière eux.

— Oooh, PORTEZ-MOI... S'il vous plaît... J'ai mal aux ailes... POOORTEZ-MOI...

10. Le jour de Thor

La fête de Thor était l'événement le plus important du calendrier viking. Chaque année, les Tronchkeks, féroces rivaux des Hooligans Hirsutes qui habitaient une île voisine de l'archipel, traversaient la mer intérieure pour participer à ce grand rassemblement. Les visiteurs dressèrent leurs tentes dans la crique du Cœur de Pierre. Cette plage déserte et désolée se transforma en quelques heures en un véritable village grouillant de barbares bruyants et dissipés. Le lendemain matin, les Hooligans installèrent leurs stands et leurs étals, puis le camp fut investi par les jongleurs, les montreurs d'ours blancs et les diseuses de bonne aventure. Il régnait une joyeuse confusion. La plupart des hommes échangeaient des blagues très lourdes, assis sur de gros rochers inconfortables. Les femmes vikings se rassemblaient pour caqueter comme des mouettes et avaler d'un trait d'énormes chopes de thé.

Bienvenue
à la fête de Thor !

Programme des animations

9 H 00 : CONCOURS DE LANCER DE MARTEAU POUR LES PLUS DE SOIXANTE ANS.
Prière d'apporter son marteau. Casque obligatoire pour les spectateurs.

10 H 00 : CONCOURS DU PLUS GROS MANGEUR D'ŒUFS DE MOUETTE.
Kroupgra la Brioche remettra son titre en jeu. La compétition s'annonce acharnée !

11 H 30 : CONCOURS DU BÉBÉ LE PLUS MOCHE.

12 h 30 : DÉMONSTRATION DE COMBAT À LA HACHE.
Découvrez toutes les subtilités de cet art martial aussi raffiné que sophistiqué.

14 h 00 : ÉPREUVE FINALE DU TEST D'INITIATION DES JEUNES HÉROS.
Admirez nos jeunes aspirants vikings dans le feu de l'action. Quel dragon sera le plus obéissant ? Qui attrapera le plus de poissons ? Bains de sang, morsures, hurlements… Un spectacle complet qui ravira petits et grands.

15 H 30 : GRANDE TOMBOLA ET CÉRÉMONIE DE CLÔTURE.

Comme prévu, malgré les sinistres présages météorologiques de Clovisse, il faisait un temps superbe. Le soleil brillait dans un ciel sans nuages, et la température ne cessait de s'élever.

Harold passa toute la matinée à écouter les conteurs raconter des histoires de méchants Danois et de princesses pirates. Les nerfs à vif, il voyait approcher l'heure de l'épreuve finale avec une inquiétude grandissante. Il avait du mal à profiter de la fête comme les années précédentes. Même lorsque Tronch avait vomi pendant le concours du plus gros mangeur d'œufs de mouette – un spectacle inoubliable ! –, il avait à peine esquissé un sourire. Son visage était pâle et tendu. Toute sa famille s'était réunie pour pique-niquer en admirant une démonstration de combat à la hache. Ni lui ni Krokmou n'avaient pu avaler la moindre bouchée.

Le petit dragon était d'une humeur exécrable. Il avait boudé le déli-cieux sandwich au thon que lui avait préparé Valhallarama.

– C'est bien ! tonna Stoïk la Brute. Il garde son appétit aiguisé pour l'épreuve de chasse. Booon dragon !

Le chef viking était exceptionnellement joyeux. Il avait remporté un pari contre Butor le Bouché lors du concours du bébé le plus moche. Il était impatient d'admirer la brillante performance de son fils au cours du test d'initiation.

En début d'après-midi, le vent commença à souffler. La chaleur restait étouffante, mais de petits nuages gris s'accumulaient à l'horizon. Au loin, on entendait gronder le tonnerre. « Et si Clovisse avait raison ? pensa Harold. Et si Thor se manifestait pendant sa fête ? »

– **VOTRE ATTENTION, S'IL VOUS PLAÎT !** brailla Tronch. Les jeunes héros sont priés de rejoindre la zone de test, à gauche de la plage.

Harold avala sa salive avec difficulté. L'heure était venue d'affronter son destin.

◆ ◆ ◆

Lorsque Harold rejoignit le terrain réservé à l'épreuve d'initiation, une portion de sable humide située tout près de la mer, les garçons des deux tribus étaient déjà rassemblés et leurs dragons voletaient à quelques mètres au-dessus de leurs têtes. Tous les participants discutaient avec excitation. Même Rustik paraissait un peu nerveux.

Les élèves de la tribu des Tronchkeks semblaient gigantesques. Ils avaient l'air rudes, bien plus rudes que les Hooligans. L'un d'eux, une grande brute qui devait avoir au moins quinze ans, retint l'attention de Harold. Il supposa qu'il s'agissait de Rakaï le Louche, le fils de Ghor la Béquille, chef de la tribu Tronchkek. Un Cauchemar Monstrueux gris argent de près d'un mètre de haut grognait sur son épaule en jetant à Kramedur des regards haineux.

— **Un dragon noble ne grogne jamais,** dit le dragon de Rustik avec détachement. **Tu dois être un sang-mêlé, sans aucun doute. Nous, les Cauchemars Monstrueux de pure race, nous descendons du grand Koshmaar en personne. Nous évitons de nous comporter de façon aussi vulgaire.**

Le Cauchemar gronda de plus belle.

La foule s'était rassemblée derrière les barrières de sécurité. Harold remarqua son père qui fendait le public en hurlant :

— Écartez-vous ! Place au CHEF !

Il s'approcha de son vieil ennemi Ghor la Béquille et lui assena un violent coup de coude au foie.

— DIX CONTRE UN QUE MON FILS ATTRAPE PLUS DE POISSONS QUE LE TIEN !

Ghor plissa les yeux, se demandant dans quelle partie du corps de son interlocuteur il allait écraser son genou.

— Lequel de ces garçons est ton fils ? demanda-t-il. Le grand avec un visage de cochon, des tatouages plein les bras et un Cauchemar Monstrueux rouge sur l'épaule ?

— Nan. Lui, c'est mon neveu, le fils de mon frère Kroupgra la Brioche. Mon héritier, c'est le petit

maigre avec le Sans Crocs des Ténèbres.
Un large sourire illumina le visage de
Ghor. Il donna une grande claque
dans le dos de Stoïk et s'exclama :

— EH BIEN, J'ACCEPTE TON
PARI ET JE DOUBLE LA MISE !

— MARCHÉ CONCLU ! cria
Stoïk.

Les deux chefs se serrèrent
la main et entrechoquèrent leurs
énormes ventres.

◆ ◆ ◆

Le visage de Tronch le Burp était toujours un peu
verdâtre. Sa mésaventure lors du concours du plus
gros mangeur d'œufs de mouette l'avait mis de
très vilaine humeur.

— BANDE DE BONS À RIEN ! hurla-t-il. L'heure
est venue de prouver que vous avez autre chose
que du sang de navet dans les veines. Dans une
demi-heure, soit vous serez membres de plein
droit de votre noble tribu, soit vous serez bannis à
tout jamais des îles de l'archipel.

Les vingt garçons qui se tenaient devant lui
frissonnèrent.

– Je vais commencer par vous inspecter, vous et vos animaux, comme si vous étiez des guerriers prêts à livrer bataille. Ensuite, je vous présenterai au public, enfin, l'épreuve pourra commencer. Vous devrez démontrer que vous êtes parvenus à dominer ces créatures sauvages et à les asservir par la seule force de votre personnalité. Vous commencerez par les ordres de base, puis vous ordonnerez à votre reptile de pêcher, comme vos ancêtres l'ont fait avant vous depuis la nuit des temps.

Harold avala nerveusement sa salive.

– Le garçon et le dragon les plus efficaces recevront respectivement les titres de Héros des Héros et de Dragon le Plus Prometteur. En revanche, ceux qui ÉCHOUERONT à ce test devront dire adieu à leurs familles et quitter aussitôt leur tribu. Bon débarras !

– Quel poète ! murmura Findus.

– LA GLOIRE OU L'EXIL ! meugla Tronch le Burp.

– LA GLOIRE OU L'EXIL ! braillèrent dix-huit des apprentis vikings.

– LA GLOIRE OU L'EXIL ! vociféra la foule des Hooligans et des Tronchkeks.

« Thor, accorde-moi un tout petit peu d'héroïsme,

songèrent au même instant Harold et Findus. Oh, pas grand-chose, juste de quoi réussir ce test. »

— GAAARDE... À VOUS ! rugit l'instructeur. DRAGON... À L'ÉPAULE !

D'un pas solennel, il passa les garçons en revue.

— Belle bête, dit-il à Rakaï le Louche. QUEL est le nom de ce superbe Cauchemar Monstrueux ?

— Il s'appelle Krom.

— Envergure ?

— Un mètre vingt, ailes déployées.

— Magnifique, petit, magnifique.

Tronch poursuivit son inspection, puis il s'arrêta net devant Harold.

— Par Wotan, qu'est-ce que c'est que ÇA ?

— C'est un Sans Crocs des Ténèbres, m'sieur.

— Petit mais cruel, ajouta Findus.

— Un Sans Crocs des Ténèbres ? Vous me prenez pour un crétin ?

— Non, non, non, répondit le petit Viking à lunettes. Vous êtes juste un peu lent à la détente, de temps à autre...

Le géant le foudroya du regard.

— C'est le plus petit Dragon de Jardin que j'ai jamais vu !

– Erreur. Un Sans Crocs des Ténèbres a exactement les mêmes caractéristiques physiques qu'un
Dragon de Jardin, expliqua Harold, à l'exception
de cette petite excroissance, là, au bout du museau.
– SILENCE ! hurla Tronch. J'ESPÈRE que ce dragon
est meilleur chasseur qu'il n'en a l'air. Vous deux,
vous êtes les pires élèves auxquels j'aie jamais eu le
déshonneur d'enseigner. Tu es le futur chef de
cette tribu, petit, aie bien ça à l'esprit. Si tu nous
fais honte devant les Tronchkeks, je ne l'oublierai
jamais. Jamais, tu comprends ?
Harold hocha la tête.
À tour de rôle, chaque garçon sortit du rang pour
s'incliner devant le public et présenter son dragon.
Les spectateurs applaudirent à tout rompre les
dragons de Rustik le Morveux et de Rakaï le
Louche.
– … Et, pour clore cette présentation, le terrible,
l'inhumain, le cruel fils de Stoïk la Brute…
HAROLD L'INCAPABLE ET SON DRAGON
KROKMOU !
Le petit garçon fit quelques pas vers la foule en
soulevant Krokmou aussi haut que possible pour
le faire paraître un peu plus grand.

L'assistance était médusée. La plupart des Vikings avaient déjà vu des dragons aussi petits pourchasser des souris dans les champs, mais c'était la première fois qu'ils en voyaient un participer à une épreuve d'initiation des jeunes héros.

– LA TAILLE NE FAIT PAS TOUT ! s'exclama Stoïk assez fort pour que tout le monde puisse l'entendre.

Il frappa ses grosses mains l'une contre l'autre pour encourager le public à applaudir. Craignant d'essuyer l'une des colères légendaires du chef hooligan, les spectateurs l'imitèrent sans discuter.

Krokmou était ravi d'être le centre d'intérêt de la foule. Il gonfla le torse et s'inclina solennellement devant le public. Quelques Tronchkeks pouffèrent.

« J'ai changé d'avis, pensa Harold en fermant les yeux. LE VOILÀ, le pire moment de mon existence. »

– KROKMOU, chuchota-t-il à l'oreille de son dragon, c'est la chance de notre vie. Attrape des tas de poissons et je te raconterai des milliers, des millions de blagues absolument tordantes.

L'animal jeta un regard en coin vers Kramedur qui aiguisait ses griffes sur le casque de Rustik.

– C'EST PARTI ! beugla Tronch le Burp.

À la grande surprise de son maître, Krokmou se sortit honorablement des exercices d'obéissance, même s'il ne faisait rien pour cacher son ennui. La pluie s'était mise à tomber. Or, le petit dragon détestait l'humidité. Il n'avait qu'une envie : en finir au plus vite, rentrer à la maison et s'endormir devant la cheminée.

Kramedur et Krom obéissaient au doigt et à l'œil aux ordres de Rustik et de Rakaï, tourbillonnant et crachant le feu pour emporter l'adhésion du public.

– PÊCHE ! hurla Tronch le Burp.

Les garçons braillèrent des ordres et les dragons se précipitèrent vers la mer.

Tous, sauf Krokmou.

– **J'ai mal au ventre**, gémit-il.

Harold entendit des murmures dans la foule :

– C'est le fils de Stoïk. Non, pas le grand avec le visage de cochon et les tatouages. Le petit maigrichon qui n'arrive même pas à se faire obéir par ce minuscule dragon.

Il vivait un véritable cauchemar.

– **Krokmou, s'il te plaît**, murmura-t-il sans desserrer les dents. **Le POISSON, les blagues, tout ça, tu te souviens ?**

— Raconte-m'en une,
MAINTENANT.

Non loin de là, Rustik
s'époumonait:

— TUE, Kramedur, TUE !

Puis il se tourna vers
Harold.

— Qu'est-ce que tu
FABRIQUES ? Tu n'es

quand même pas en train de PARLER à ce têtard
avec des ailes ? Parler aux dragons est contraire à
la loi. C'est interdit, par ordre de Stoïk la Brute,
ton propre père, et je suis sûr que…

— Têtard avec des ailes ? répéta Krokmou. TÊTARD
AVEC DES AILES ?

— Mais non, calme-toi, tu sais bien que tu es le meilleur
chasseur de l'univers, le rassura Harold.

— Ouais, JE SAIS, mais cette espèce de sac à main
volant n'arrête pas de me…

— Eh bien, MONTRE-LUI de quoi tu es capable.

— Bon, c'est D'ACCORD.

Au grand soulagement de Harold, Krokmou
s'envola vers la mer. Dix minutes plus tard, il avait
déjà déposé quatre harengs aux pieds de son maître.

« C'est trop beau, songea ce dernier. Si ça continue comme ça, dans un quart d'heure, je serai un membre à part entière de la tribu des Hooligans Hirsutes. »

Harold avait raison.

C'était beaucoup trop beau pour être vrai.

Tandis qu'il filait vers la mer au ras des galets, Krokmou croisa la trajectoire de Kramedur qui rejoignait son maître, tenant fermement un vingtième poisson dans sa gueule.

— *Pauvre snob* ! lui lança le petit dragon.

Le Cauchemar Monstrueux s'immobilisa en plein vol et plissa les yeux.

— **QU'EST-CE QUE** tu viens de dire ? siffla-t-il.

— Oh non, pleurnicha Harold. *Non, Krokmou, ne fais pas ça...*

— J'ai dit : PAUVRE SNOB ! Alors comme ça, c'est tout ce dont tu es capable ? C'est absolument pathétique. Sans espoir. Minable. Vous, les Cauchemars Monstrueux, vous pensez que vous êtes terrifiants mais vous êtes aussi inoffensifs qu'une colonie de moules à marée basse.

— Tu vas REGRETTER tes paroles, RIDICULE Dragon de Jardin.

— Ah oui ? Et comment vas-tu t'y prendre ? La vie doit être difficile lorsqu'on possède le quotient intellectuel d'une huître et le cerveau d'une algue, espèce de sale SNOB bouffeur de bulots !

Kramedur bondit sur Krokmou, mais le petit dragon, rapide comme l'éclair, esquiva l'attaque et les mâchoires du grand prédateur se refermèrent sur le vide avec un claquement sinistre. Le Cauchemar Monstrueux perdit alors complètement les pédales. Il fendit sauvagement les airs, toutes griffes dehors, et se mit à mordre tout ce qui bougeait en crachant de grandes gerbes de feu. Hélas, emporté par sa frénésie, il égratigna accidentellement le postérieur de Krom qui, à son tour, attaqua tous les dragons qui passaient à sa portée.

Bientôt, la zone de test ne fut plus qu'un vaste champ de bataille aérien où une vingtaine de reptiles volants se crêpaient sauvagement le chignon. Les garçons avaient beau courir dans tous les sens en braillant des ordres, la situation était incontrôlable. C'en était trop pour Tronch le Burp.

— PAR THOR ET WOTAN RÉUNIS, EST-CE QUE QUELQU'UN PEUT M'EXPLIQUER CE QUI SE PASSE ?

Krokmou était parfaitement dans son élément dans cette pagaille invraisemblable. Il évita la charge des grands dragons avec une facilité déconcertante, mordit les fesses de Kobra et griffa le museau de Krapul. Bref, il s'amusait comme un petit fou.

Kornebouc, lui aussi, faisait preuve d'une joyeuse cruauté pour un dragon végétarien. Il imprima profondément la trace de ses crocs dans la queue de Kramedur qui tourbillonnait dans les airs, les mâchoires fermement refermées sur le cou de Krom.

Tronch le Burp pénétra dans la mêlée et saisit le dragon de Rustik par la queue. L'animal poussa un cri d'indignation, se retourna et mit le feu à la barbe de Tronch. Le géant viking se tapota le menton de sa large main droite pour éteindre l'incendie et, de l'autre, maintint la gueule du monstre fermée afin qu'il cesse de mordre et de cracher des flammes.

— STOOOP ! aboya-t-il.

Son cri fit dresser les cheveux sur la tête des membres de l'assistance, rebroussa les écailles sur le dos des dragons terrorisés, ricocha sur les falaises et prit la direction du large. On l'entendit distinctement jusqu'au continent.

Les garçons cessèrent leurs braillements inutiles. Les dragons s'immobilisèrent en plein vol. Un silence inquiétant succéda au tumulte des combats.

Un tel événement ne s'était jamais produit. Au cours de l'épreuve finale du test d'initiation, les vingt élèves rassemblés sur la plage avaient brillamment démontré qu'ils étaient incapables de contrôler leurs animaux. Selon le règlement, ils devaient tous être chassés de leur tribu et condamnés à l'exil. Compte tenu du climat, de la rareté de la nourriture et de la présence de cannibales dans la région, ils étaient condamnés à mort.

Tronch le Burp se tenait devant eux, la barbe toujours fumante. Il ne parvenait pas à trouver ses mots.

– Il va falloir que je parle aux Anciens des deux tribus, lâcha-t-il d'un ton lugubre.

Il laissa tomber Kramedur sur le sol. Ayant repris ses esprits, la pauvre bête se traîna vers Rustik les yeux baissés, la queue entre les jambes.

Le conseil des Anciens était constitué de Stoïk la Brute, Ghor la Béquille, Tronch lui-même, et de quelques-uns des guerriers les plus redoutables des deux tribus, comme Mandal le Vandale, Érik le Psychotique et Hubert le Bibliothécaire sadique et pervers. Ces hautes personnalités formèrent le cercle, qui ressemblait un peu à une mêlée de rugby.

Pendant ce temps, l'orage forcissait. Le tonnerre grondait, la pluie redoublait et ils n'auraient pas été plus trempés s'ils avaient plongé tout habillés dans l'océan.

Au cours de la discussion, Ghor entra dans une colère noire et frappa Mandal le Vandale au visage. Seul Érik le Psychotique parvint à le maîtriser et à lui faire retrouver son calme. Au bout d'une heure, Stoïk quitta le cercle et vint se camper devant les garçons. Ils l'écoutèrent sans dire un mot, tête baissée, leurs dragons à leurs pieds.

– Jeunes élèves héros, ce jour est un jour funeste pour chacun de vous. Vous avez ÉCHOUÉ lors de l'épreuve finale du test d'initiation. En vertu des lois cruelles mais justes de l'archipel, vous allez être chassés POUR TOUJOURS. Cette décision me brise le cœur, pas seulement parce que mon fils se trouve parmi vous, mais parce qu'une génération entière de guerriers va disparaître à jamais. Mais seuls de véritables héros peuvent être admis dans les nobles tribus Hooligan ou Tronchkek.

Stoïk pointa un index vers le ciel.

– Comme vous pouvez le constater, Thor est vraiment très en colère. Si nous voulons apaiser son courroux, nous devons appliquer ses lois à la lettre.

Un grondement de tonnerre vint ponctuer la déclaration solennelle de Stoïk.

– Dans des circonstances habituelles, la cérémonie d'exil aurait dû avoir lieu immédiatement. Mais vous ne pouvez pas prendre la mer dans de telles conditions météorologiques. Après tout, vous n'avez pas été condamnés à mort, que je sache. Exceptionnellement, vous êtes autorisés à passer une dernière nuit dans vos maisons. Dès demain matin, vous quitterez l'archipel. Quoi qu'il en soit, vous êtes d'ores et déjà bannis. En conséquence, il vous est interdit d'adresser la parole aux membres de votre ancienne tribu.

Puis il ajouta, des sanglots dans la voix :

— Puisse Thor avoir pitié de moi ! C'est la décision la plus triste que j'ai jamais eu à prendre. Bannir mon fils, mon héritier…

La foule applaudit le courage et la sagesse de son chef.

— Un leader ne peut pas se comporter comme les autres hommes. Il doit penser avant tout à l'intérêt de sa tribu.

— Tu n'espères tout de même pas que JE vais te plaindre ? s'exclama Harold, hors de lui. Quel genre de père es-tu pour faire passer ces lois stupides avant ton propre enfant ? Et qu'est-ce que c'est que cette tribu de sauvages qui n'accepte pas les gens ordinaires ?

Surpris et choqué, Stoïk lança un regard plein de tristesse à son fils, puis il tourna les talons et prit la direction du village. Aussitôt, des éclairs zébrèrent le ciel. Le public quitta la plage en courant. Une nuée de barbares pressés de se mettre au sec s'éparpilla dans les collines.

– Je vais te tuer, Harold, siffla Rustik. Dès que nous aurons été chassés du village, je te tuerai.

Il s'éloigna à son tour, abandonnant le petit Viking et son dragon à leur triste sort.

– **J'ai perdu ma dent en mordant Kramedur**, pleurnicha Krokmou.

Harold leva les yeux vers le ciel.

– Est-ce que tu ne pouvais pas m'accorder un peu d'héroïsme, POUR UNE FOIS ? Je ne demandais rien d'extraordinaire, JUSTE réussir un TEST DÉBILE et devenir un Viking comme les autres !

Le tonnerre gronda et la foudre frappa le sol à quelques pas de lui.

– TRÈS BIEN ! PARFAIT ! VAS-Y, FOUDROIE-MOI ! Prouve-moi au moins que J'EXISTE !

À l'évidence, Thor n'était pas de cet avis. L'orage se déplaça lentement vers la mer.

11. Thor n'est pas content

La tempête fit rage toute la nuit. Harold resta allongé sur son lit, les yeux grands ouverts, incapable de trouver le sommeil. Le vent hurlait si fort qu'il avait l'impression que cinquante dragons essayaient de défoncer la porte de la maison.

– Laisse-nous entrer, laisse-nous entrer, croyait-il entendre. Nous avons faim, très faim.

Au plus profond de la mer démontée, deux Dragons de Mer dormaient profondément.

Le premier était gigantesque.

Le second était absolument monstrueux. Il s'était endormi sept cents ans plus tôt, après un joyeux pique-nique au bord de la falaise. Depuis quelques semaines, son sommeil était plus léger. Mais il me semble, cher lecteur, que je t'ai déjà parlé de ce reptile de légende.

La tempête souleva une lame de fond qui balaya les profondeurs de l'océan, délogea légèrement les dragons de leur lit de sable et les transporta comme des bébés endormis jusqu'à la Grande Plage située près du village de Harold.

Ils s'y échouèrent et dormirent encore quelques heures malgré le vent qui hurlait autour d'eux, plus bruyant que des fantômes vikings faisant la bringue au Valhalla. Puis la tempête cessa. Au petit matin, un soleil splendide illumina la crique où gisaient les deux Dragons de Mer.

◆ ◆ ◆

Si tu avais eu le malheur de l'apercevoir, cher lecteur, le premier reptile t'aurait donné des cauchemars jusqu'à la fin de tes jours. Pourtant, comparé à son congénère, il semblait aussi inoffensif qu'un chaton. Essaie d'imaginer une créature vingt fois plus grande qu'un *Tyrannosaurus rex*. Je suis certain que tu fais déjà un peu moins le malin, n'est-ce pas ?

C'était une montagne de muscles et d'écailles. Sa peau était incrustée de coquillages, mais aux plis des pattes et aux rides du cou, là où les petits crustacés et le corail n'avaient pu se glisser, on pouvait distinguer sa véritable couleur. Il était vert sombre, comme l'océan.

Lorsqu'il se réveilla enfin, il recracha l'étendard de la huitième légion romaine, avec ses pathétiques rubans de soie trempés de bile. Il s'en servit comme d'un cure-dent. L'aigle d'or, symbole de la puissance d'un empire disparu, lui permit de se débarrasser de petits morceaux de chair particulièrement agaçants qui étaient restés coincés entre deux molaires, à près de six mètres de l'entrée de sa gueule.

◆◆◆

Kraspek le Bourru fut le premier à découvrir les dragons. Ce matin-là, il s'était levé aux aurores pour s'assurer que ses filets de pêche avaient résisté à la tempête. Il jeta un bref coup d'œil à la plage puis courut réveiller Stoïk la Brute.

– Chef, on a un problème.

– Hein ? QUOI ? Quelle heure est-il ?

Le chef viking n'avait pas fermé l'œil de la nuit. Contrairement à son habitude, il n'avait pas cessé de réfléchir. « Quel genre de père suis-je donc, moi qui considère que les lois sont plus importantes que la vie de mon fils ? Mouais, mais d'un autre côté, quel est ce fils qui viole les lois que son père a toujours respectées et protégées ? »

Au milieu de la nuit, il avait pris la décision ferme et définitive de réintégrer Harold et ses camarades au sein de leur tribu. Aussitôt, le Viking qui était en lui s'était violemment révolté.

— Non ! Je suis **FAIBLE ! FAIBLE !** Kalmar le Terrible aurait chassé son fils sans le moindre scrupule. Akné la Croûte aurait même adoré faire un truc aussi cruel. Mais qu'est-ce qui *cloche* chez moi, bon sang ? Je devrais me bannir moi-même. Oh, et puis, de toute façon, Ghor la Béquille s'en chargera personnellement. Tant pis pour moi !

Bref, Stoïk était déjà très préoccupé. Il allait l'être plus encore.

— Il y a deux dragons sur la plage, l'avertit Kraspek. De sacrés morceaux.

— Dis-leur de ficher le camp.

— Tu n'as qu'à aller leur dire *toi-même*.

Stoïk sauta dans ses vêtements et courut jusqu'à la plage. Il en revint très préoccupé.

— Alors ? demanda Kraspek. Qu'est-ce qu'ils ont répondu ?

— Tu veux dire « qu'est-ce qu'**IL** a répondu » ? Je crois

que le gros dragon a mangé le petit. J'ai préféré ne pas le déranger. Je crois que je ferais mieux de réunir le conseil de guerre.

◆◆◆

Harold fut réveillé en sursaut par les roulements du tambour d'alarme. Il n'avait guère dormi plus de quelques minutes. La place qu'avait occupée Krokmou sur le lit était froide comme la pierre. Le petit dragon avait dû se lever à l'aube.

Ses vêtements avaient séché au cours de la nuit, mais le sel les avait rendus plus durs que du bois. Ce matin, il était censé quitter l'île pour toujours.

« Bon, qu'est-ce que je fais, maintenant ? Ont-ils prévu un pot d'adieu, ou dois-je partir sans dire au revoir ? » En sortant de la maison, il croisa une foule de Vikings qui se dirigeaient d'un pas pressé vers l'hôtel de ville. Le temps n'étant vraiment pas idéal pour le camping, les Tronchkeks avaient passé la nuit dans le grand hall.

En chemin, il rencontra Findus. À l'évidence, il avait passé une nuit aussi agitée que la sienne. Ses lunettes étaient toutes tordues.

– Qu'y a-t-il ? questionna-t-il.

– Aucune idée.

– Où est Kornebouc ?

– Disparu. Évaporé. Pfouit !

Soudain, Harold constata que tous les dragons domestiques avaient disparu.

D'ordinaire, ces reptiles ne lâchaient pas leur maître d'une semelle, grondant, jappant et crachant les flammes dès que l'un de leurs congénères s'approchait d'un peu trop près. Les Hooligans et les Tronchkeks massés devant l'hôtel de ville étaient trop occupés à brailler et à gesticuler pour remarquer cet inquiétant phénomène.

– **SILENCE**, vous tous ! beugla Stoïk. Si je vous ai rassemblés ici, c'est pour vous signaler un petit problème. Un dragon franchement costaud s'est échoué sur la Grande Plage.

L'assistance n'était pas très impressionnée. Les Vikings s'attendaient à quelque chose de plus grave.

– Le tambour d'alarme ne doit être utilisé qu'en cas de péril mortel, grogna Ghor. Tu nous as dérangés pour un simple **DRAGON** ? Non mais, tu as vu l'heure ? Tu as perdu la tête, ma parole !

Le chef tronchkek avait passé une nuit épouvantable, couché sur les dalles de pierre du grand hall avec son casque pour tout oreiller.

— Ce n'est pas un dragon ordinaire, se défendit Stoïk. Celui-là est ÉNORME. Absolument gigantesque. C'est une véritable montagne. Je n'ai jamais vu une bestiole pareille.

Les barbares de l'assistance plissèrent le front. Ils essayaient de se représenter la créature en question, mais l'imagination n'était pas leur fort. En outre, ils avaient l'habitude de mater les dragons les plus récalcitrants.

— Nous devons chasser cette créature de notre territoire. Seulement, sa taille complique un peu les choses. Qu'est-ce que tu en penses, vieux Clovisse, toi qui es le philosophe de la tribu ?

— Quel flatteur tu fais, Stoïk ! dit le vieillard que la situation amusait beaucoup. Nous avons affaire à un *Dragonus oceanus gigantus*, et un spécimen particulièrement bien développé. C'est un animal très cruel, très intelligent et doté d'un appétit exceptionnel. Cela dit, je ne suis pas un spécialiste des reptiles géants. Peut-être devriez-vous consulter le livre que le professeur Yobbish a consacré à ce sujet…

— Excellente idée ! s'exclama Stoïk. Il s'agit de *Comment dresser votre dragon*, n'est-ce pas ? Je crois savoir que Tronch l'a dérobé à la bibliothèque municipale de l'île de Tronchkek.

– C'est un scandale ! rugit Ghor. Ce livre est la propriété de notre tribu. Rendez-le-moi immédiatement si vous ne voulez pas que je vous déclare la guerre !

– Oh, hé, lâche-nous un peu, tu veux ? Si ton bibliothécaire acceptait de prêter des livres de temps à autre, on n'en serait pas là.

Perdu dans la foule, Hubert le Bibliothécaire sadique et pervers baissa les yeux et contempla honteusement le bout de ses chaussures taille soixante-quatre.

– Kroupgra, passe-moi ce bouquin ! cria Stoïk.

Ce dernier tendit un bras démesuré vers la cheminée. Il s'empara du livre et le jeta par-dessus la foule. Stoïk l'attrapa au vol avec une habileté stupéfiante, déchaînant l'enthousiasme du public. Le moral des troupes était au beau fixe. Le chef viking s'inclina pour saluer ses admirateurs, puis il confia le livre à Tronch le Burp.

– TRONCH ! TRONCH ! TRONCH ! scandaient les barbares.

« Mon jour de gloire est arrivé, songea le géant. Les peuples menacés ont besoin de héros. Je suis l'homme de la situation. » Il ouvrit le livre et toussa

136

pour s'éclaircir la voix. La foule était suspendue à ses lèvres.

— « Comment dresser votre dragon. Pour dresser un dragon, il suffit de lui CRIER DESSUS. »

— Et… ? interrogea Stoïk après quelques secondes de silence embarrassant. Lui CRIER DESSUS et… ?

— Ben, c'est tout. Il suffit de lui CRIER DESSUS, point final.

— Il n'y a pas un passage concernant les *Dragonus oceanus gigantus* ?

Tronch se replongea dans le livre.

— Ben non.

— Mmmh. C'est curieux, ce livre ne m'avait pas paru si court à la première lecture. Au moins, ça va à l'essentiel. De la vraie littérature viking. Remercions Thor de nous avoir donné un scientifique aussi brillant. Mais bon, vu que ce dragon est plutôt grand…

— Énorme, précisa Clovisse, les yeux brillants d'excitation. Gigantesque. Démentiellement monstrueux, cinq fois plus grand qu'une baleine bleue !

— Oui, merci pour ces précisions, mon vieux. Comme je vous le disais, vu que ce dragon est plutôt grand, nous allons avoir besoin d'un cri hors du commun.

Voici mon plan : nous allons nous rassembler en haut de la falaise et hurler tous en même temps.

– Et hurler quoi ? s'enquit Kroupgra.

– Quelque chose de court et de facilement compréhensible : DÉGAGE !

◆ ◆ ◆

Les Hooligans et les Tronchkeks se réunirent au sommet de la falaise des Dragons Sauvages, cette paroi de roche noire qui dominait la Grande Plage de l'île de Beurk. La vision du prodigieux reptile étendu sur le sable, occupé à dévorer goulûment les restes de son infortuné compagnon, les remplit d'effroi.

« Qui a dit que la taille ne faisait pas tout ? » se demanda Harold.

Tous les dragons sont vaniteux, cruels et amoraux. Mais celui-là était une montagne de vanité, de cruauté et d'amoralité. Ça compliquait un peu les choses.

Tronch fit cinq pas en avant, se retourna pour faire face à la foule et leva les mains en l'air comme un chef d'orchestre s'apprêtant à diriger une symphonie. Il gonfla le torse avec fierté.

– Un… deux… trois !

Quatre cents Vikings hurlèrent de concert :

– DÉGAGE !

Puis la plupart d'entre eux ne purent s'empêcher de pousser le cri de guerre viking.

Le cri de guerre viking était un hurlement destiné à glacer le sang dans les veines de l'ennemi avant la bataille. Pour le pousser correctement, il fallait, dans l'ordre : imiter le croassement sinistre d'un Cauchemar Monstrueux, puis le hurlement de terreur de sa proie, puis le gargouillement d'agonie de sa victime se noyant dans son propre sang. Généralement, cela produisait un son effrayant, mais là, lancé par quatre cents barbares à huit heures du matin, c'était à faire perdre ses moyens au tout-puissant Thor en personne.

Puis le silence retomba.

Le grand dragon tourna son énorme tête vers les petits humains réunis en haut de la falaise. Lorsque ses yeux immenses, jaunes et maléfiques se posèrent sur eux, quatre cents cris d'effroi s'échappèrent de quatre cents bouches tordues par l'angoisse. Le monstre ouvrit la gueule pour pousser un rugissement si assourdissant, si perçant, si éclatant, que quatre mouettes qui passaient par là tombèrent

raides mortes sur la plage. Comparé à ce son prodigieux, le cri de guerre viking n'était pas plus impressionnant que les gémissements d'un nourrisson. C'était un hurlement venu du fond des âges, qui évoquait à la fois LA MORT ET LA SOUFFRANCE.

Le dragon souleva une patte puis, d'un délicat coup de griffe, déchira les vêtements de Tronch de la tête aux pieds, comme s'il pelait une banane. Nu comme un ver, ce dernier émit un piaillement aigu qui n'avait rien de très héroïque. Puis, d'un simple coup de queue, le monstre l'envoya valser dans les airs comme une petite boulette de papier, loin, très loin, par-dessus la tête des Vikings, au-delà des fortifications du village.

Puis il se tourna vers le port où mouillait la flotte des drakkars de Stoïk et de Ghor qui avait miraculeusement échappé à la tempête. Un bouquet de flammes jaillit de sa gueule. Les cinquante embarcations furent instantanément réduites en cendres.

C'en était trop pour les barbares. Ils firent volte-face et prirent leurs huit cents petites jambes à leur cou.

◆ ◆ ◆

Tronch le Burp avait eu la chance d'atterrir sur le toit de sa propre maison. Il avait traversé d'épaisses couches de paille humide et s'était retrouvé assis dans son propre fauteuil en face de la cheminée, choqué mais indemne.

– TRÈS BIEN, dit Stoïk aux quatre cents Vikings terrorisés rassemblés non loin de là, au centre du village. Premièrement, crier ne sert à rien. Deuxièmement, notre flotte est détruite et nous n'avons plus aucun moyen de quitter l'île. Il faudrait que quelqu'un aille discuter avec ce dragon pour savoir si ses intentions sont PACIFIQUES.

– Moi, j'y vais ! hurla Tronch qui venait de rejoindre l'assistance.

Il était toujours farouchement déterminé à devenir le héros du jour. Hélas, il avait perdu beaucoup de

sa superbe. Il portait une robe appartenant à sa sœur Agatha – le seul vêtement qu'il avait pu dénicher – et il avait de la paille plein les cheveux.

– Est-ce que tu parles dragonais ? demanda Stoïk.

– Ben… non. Personne ici ne parle dragonais. C'est interdit, sur ordre de Stoïk la Brute, grand héros viking dont nul n'entend le nom sans trembler. Les dragons sont des créatures inférieures que nous devons dominer par le cri.

— Harold sait parler aux dragons, lança Findus, perdu au milieu de la foule.

— Chut ! fit Harold en bourrant de coups de coude les côtes de son ami.

— Ben quoi ? La voilà, ta chance de devenir un héros. Saisis-la, bon sang ! À moins, bien sûr, que tu ne préfères que nous mourions tous dans d'atroces souffrances…

Puis il se mit à hurler :

— Harold parle dragonais ! Harold parle dragonais !

— Harold ? s'étonna Tronch.

— **HAROLD ?** renchérit Stoïk la Brute.

— Oui, parfaitement, Harold, confirma le vieux Clovisse. Ce petit garçon aux cheveux rouges, au visage criblé de taches de rousseur. Vous savez, celui que vous vous apprêtiez à chasser de la tribu pas plus tard que ce matin. Vous vous rappelez ?

— Je sais quand même qui est mon fils, vieux Clovisse, grogna le chef hooligan, visiblement mal à l'aise. Bon, où est-il, celui-là ? Harold, viens ici, tout de suite !

— Il est ici ! cria Findus en poussant Harold à travers la foule.

Les Vikings s'écartèrent sur son passage.

— Harold, est-il exact que tu parles dragonais ?
interrogea son père.

Le petit garçon hocha la tête.

— La situation est embarrassante. Je sais bien que
nous étions sur le point de te bannir mais… si tu fais
ce que nous te demandons, je pense que personne
ne verra d'objection à ce que nous t'accueillions à
nouveau parmi nous. Acceptes-tu d'aller voir ce
dragon pour connaître ses **INTENTIONS** ?

Harold resta silencieux.

— Tu peux parler, fiston, tu fais de nouveau partie
des nôtres, je te le rappelle.

— C'est d'accord. J'irai voir ce dragon.

12. La Mort Verte

C'était une chose que de pousser le cri de guerre viking en compagnie de quatre cents Vikings. C'en était une autre que de marcher seul à la rencontre d'un Cauchemar préhistorique. Harold devait faire appel à toute sa volonté pour parvenir à poser un pied devant l'autre.

Stoïk avait proposé de lui offrir une escorte mais il avait préféré s'en passer. Mieux valait éviter que l'un de ces guerriers écervelés ne se mette en tête de tenter une action aussi héroïque que stupide.

La plupart des historiens barbares mettent en avant cette partie de l'aventure de Harold. Ils estiment que le petit Viking se comporta alors comme un authentique héros. Je ne partage pas leur avis, cher lecteur. En vérité, il n'avait pas vraiment le choix. Qu'avait-il à perdre après tout ? De toute façon, il ne faisait aucun doute que le grand dragon allait dévorer tous les membres de la tribu.

Parvenu au sommet de la falaise, il se pencha au-dessus du vide. Le monstre remplissait chaque centimètre carré de la plage. Il avait l'air endormi.

Soudain, Harold entendit un chant irréel qui semblait provenir du ventre de la créature.

Je me prépare à dévorer
Des baleines bleues succulentes.
Je n'ai pas l'âme d'un boucher,
J'apprécie ces proies croustillantes.
Je poursuivrai ce pique-nique
Par une poignée de requins.
Attention à leurs dents : ça pique
Et pourrait me rendre chagrin.

« Bizarre, pensa Harold. Il chante en gardant la gueule fermée. » Soudain, le monstre ouvrit ses yeux énormes.

– Pas si bizarre que ça, gronda-t-il. Un dragon aux paupières closes ne dort pas toujours. Méfie-toi des apparences, jeune héros. CE que tu entends, c'est un repas qui chante.

– Un repas qui chante ?

Harold se rappela subitement qu'il ne fallait jamais fixer un dragon droit dans les yeux. Il détourna le regard et contempla les pattes antérieures du monstre. Entre ses griffes fermées, il aperçut un troupeau de moutons qui se débattaient désespérément. Le *Dragonus oceanus gigantus* en laissa échapper un et le laissa courir jusqu'aux rochers.

Au moment où l'animal se croyait tiré d'affaire, il le saisit par le cou et le lança dans les airs en basculant la tête en arrière. Le malheureux mouton disparut dans la gueule de l'effroyable créature dans un répugnant bruit de mastication.

Puis le dragon approcha son énorme tête du visage de Harold. Une vapeur verdâtre s'échappait de ses naseaux. C'était une odeur puissante, entêtante, celle de la **MORT** elle-même. Une puanteur de matière organique en décomposition, de têtes de harengs pourries, de sueur de baleine, de requins morts depuis quelques siècles et d'âmes en perdition. La brume s'enroula en spirale autour du petit garçon et s'éleva jusqu'à ses narines.

– Certains gastronomes prétendent qu'il est préférable de désosser les moutons avant de les avaler. Personnellement, j'aime bien leur petit côté croustillant.

148

Le dragon rota bruyamment, produisant un cercle de flammes parfait qui embrasa la lande aux pieds de Harold. Bien entendu, compte tenu de l'humidité de la végétation, l'incendie fut de courte durée.

— **Oups**, ricana le monstre. **Je te prie de bien vouloir m'excuser.**

Puis il posa une patte gigantesque au bord de la falaise.

— **Cela dit, les humains sont meilleurs en filets, c'est certain. Rien de plus désagréable qu'une colonne vertébrale qui se coince au fond de la gorge.**

Tout en parlant, il approchait lentement sa patte de Harold et sortait peu à peu ses superbes griffes rétractiles, l'air de rien. Des rasoirs de deux mètres sur six aux extrémités plus pointues que le scalpel d'un chirurgien.

— Retirer la colonne vertébrale d'un humain est une opération délicate. Mais je dois avouer que je suis plutôt doué dans ce domaine. Il suffit de pratiquer une petite incision à l'arrière du cou, de trancher jusqu'en bas du dos et de tirer un coup sec, hop ! C'est pratiquement sans douleur… enfin, pour MOI, en tout cas.

Les pensées se bousculaient sous le crâne de Harold. Rien de tel que de regarder la mort en face pour stimuler l'intelligence. Que savait-il sur les dragons qui puisse lui permettre d'échapper à ce monstre théoriquement invincible ?

Il y avait peu de chance pour qu'il se laisse ama-douer avec des blagues idiotes et des devinettes stupides. « Ce dragon est bavard comme une pie ! » pensa-t-il soudain.

— Tu as parlé d'un repas qui chante, dit-il. De quoi s'agit-il ?

— Voilà une EXCELLENTE question.

Le dragon rétracta ses griffes.

— Il y a longtemps que je n'avais pas rencontré un repas aussi intelligent. D'habitude, ils ne songent qu'à sauver leur misérable existence.

Il avala un mouton et le mâchouilla en réfléchis-sant.

— Comment t'expliquer ? Je vais faire simple, car je sais par expérience que les esprits humains sont extrême-ment limités. En fait, tu vois, nous sommes tous des repas. Des repas qui marchent, des repas qui parlent, des repas qui respirent. Voilà ce que nous sommes. Regarde, toi, par exemple, JE vais bientôt TE dévorer, ce qui fait de toi un repas. Tu comprends ? Même moi, qui suis pourtant un grand carnivore meurtrier, je serai dévoré par les vers, un jour. Tôt ou tard, nous disparaîtrons tous entre les terribles mâchoires du Temps.

Il désigna son estomac.

— Ce que tu entends là, c'est le chant de mon dernier repas.

Harold tendit l'oreille et perçut une voix lointaine.

Si vous n'aimez pas les humains,

Si leur chair vous paraît trop fade,

Ajoutez-y de la salade,

Vous en ferez un plat divin.

— CE repas que tu entends chanter, c'est un dragon plus petit que moi, et pourtant très vaniteux, que j'ai mangé il y a une demi-heure.

— Mais c'est du cannibalisme !

— Mais non, c'est délicieux. Comment oses-tu traiter un ARTISTE comme moi de CANNIBALE ? Je te trouve un peu grossier pour une si petite personne. Bon, venons-en aux faits. Qu'est-ce que tu veux, petit repas ?

— Je suis venu pour connaître vos INTENTIONS. Êtes-vous venu déclarer la GUERRE à ma tribu ?

— Oh non, rassure-toi. Je vais juste vous dévorer.

— Nous dévorer ?

— Oui, parfaitement, et tu seras le premier. Ensuite, après une petite sieste, je m'occuperai de tes congénères.

— C'est trop injuste ! VOUS vous sentez autorisé à manger tout le monde sous prétexte que vous êtes le plus grand.

— Eh oui, ainsi va le monde. Mais fais-moi confiance, tu verras les choses différemment quand tu seras dans mon estomac. Mais, au fait, je manque à tous mes devoirs. Je ne me suis pas présenté. On m'appelle la Mort Verte. Et toi, quel est ton nom, petit repas ?

— Je suis Harold Horrib'Haddock, troisième du nom, héritier de la tribu des Hooligans Hirsutes.

À ces mots, la Mort Verte frissonna.

— Mmmh, il me semble que j'ai déjà entendu ce nom quelque part. En tout cas, je le trouve un peu compliqué. Je t'appellerai simplement Petit Repas, si ça ne te dérange pas. Maintenant, Petit Repas, avant que je ne te mange, parle-moi un peu de tes problèmes.

— Mes problèmes ?

— Oui, parfaitement. Tes problèmes avec ton père, tes problèmes avec Rustik, tes problèmes avec l'héroïsme sous toutes ses formes. Tu sais, je suis peut-être ton plus gros problème, maintenant. Ça devrait t'aider à remettre les choses à leur place.

— Mais comment sais-tu tout ça ?

— Je sens les choses, tu ne peux pas comprendre.

— Pourquoi voudrais-tu que je te parle de ma vie alors que tu vas me dévorer ?

— Ça te permettra de gagner un peu de temps, petit sushi.

Le dragon bâilla à s'en décrocher la mâchoire.

– Je me sens épuisé, tout à coup. J'ai l'impression que je discute depuis des heures. Écoute, je suis trop fatigué pour te dévorer maintenant. Reviens dans quelques heures et je t'expliquerai comment régler tous tes problèmes. Je suis certain que je pourrai t'aider.

Le terrible monstre posa sa grosse tête sur le sable et s'endormit. Une dizaine de moutons tremblants de terreur s'échappèrent de ses pattes et s'éparpillèrent dans la lande en bêlant comme des possédés. Harold observa le dragon d'un air pensif, puis il tourna les talons et prit la direction du village.

Les Hooligans et les Tronchkeks l'accueillirent avec des cris de joie, puis le portèrent en triomphe jusqu'à son père.

– Alors, mon fils, ce dragon est-il venu nous déclarer la GUERRE ?

– Non, non, il m'a certifié que non.

Les Vikings braillèrent des hourras victorieux.

– Mais il a dit qu'il allait tous nous dévorer, ajouta-t-il.

13. Face de poulpe

Les dernières paroles de Harold avaient semé l'effroi et la consternation parmi l'assistance.

– Je vais écrire au professeur Yobbish pour lui faire savoir ce que je pense de son livre ! hurla Stoïk la Brute. Bon sang, qu'est-on CENSÉ faire lorsque la technique du cri ne fonctionne pas ?

Le chef viking n'avait jamais écrit une lettre de sa vie, mais il était si en colère et si désarmé qu'il était prêt à prendre la plume, et à apprendre à écrire pour l'occasion.

« Voilà ce qu'il en coûte de violer la loi, pensait-il. J'aurais dû faire confiance à Thor. »

Ghor la Béquille n'avait pas encore pris conscience de la gravité de la situation.

– Un dragon gigantesque nécessite un cri gigantesque, voilà tout. Construisons un mégaphone géant !

– Ferme ta bouche, FACE DE POULPE, grogna Stoïk.

– C'EST À MOI QUE TU PARLES, gros lard ?

Les deux chefs se collèrent visage contre visage, moustache contre moustache, comme deux morses à la saison des amours.

Harold soupira, tourna les talons et se dirigea vers les portes du village. Décidément, il n'y avait rien à attendre de ces adultes qui perdaient leur temps à se disputer au lieu de faire marcher leur cervelle. À sa grande surprise, il réalisa qu'il était suivi, non seulement par Findus, mais aussi par tous les novices des tribus Hooligan ET Tronchkek.

— Alors, Harold, dit Rakaï. Qu'est-ce qu'on fait maintenant ?

— Pourquoi tu t'adresses à ce **MINABLE** ? intervint Rustik. Tu ne crois tout de même pas qu'il va nous tirer de ce mauvais pas ? Je te rappelle qu'**IL** nous a fait échouer au test d'initiation et que nous avons failli être bannis et dévorés par des cannibales. Il ne serait même pas capable de contrôler un dragon de la taille d'un pou !

— **TU** parles le dragonais, Rustik ? demanda Findus.

— Non, et j'en suis fier.

— Dans ce cas, peux-tu la fermer une bonne fois pour toutes, s'il te plaît ?

Rustik empoigna le bras du petit Viking et le tordit derrière son dos.

– **PERSONNE**, j'ai bien dit **PERSONNE**, ne **ME** dit de la fermer !

– Si, *moi* ! lança Rakaï le Louche.

Il saisit Rustik par le col et le souleva de terre.

– **TON** dragon est au moins aussi coupable que le **SIEN**, face de porc. D'ailleurs, tous nos animaux ont perdu les pédales pendant l'épreuve. Alors, **TU** la fermes ou je te découpe en morceaux et je te donne à manger aux mouettes. Tu m'as bien compris, misérable **BOUFFEUR** de bulots ?

Rustik hocha la tête. Son adversaire le libéra avant d'essuyer ses mains sur sa tunique avec un air dégoûté.

– **MON PROPRE** père participait à ce stupide conseil des Anciens. Je suis d'accord avec Harold. Ces pères qui font passer des lois cruelles avant le sort de leurs fils ne méritent que notre mépris. Et, entre nous, qu'est-ce que c'était que cette épreuve ridicule ? Enfin, bon. Si nous parvenons à sauver ces misérables tribus, j'espère que notre condamnation sera annulée et que nous pourrons enfin essayer de faire changer leur mentalité.

« TIENS, TIENS, TIENS, pensa Harold. Et si la Mort Verte avait raison ? Finalement, elle pourrait bien m'aider à régler mes problèmes. Avant de me dévorer, bien entendu. »

Dix-neuf jeunes barbares, pour la plupart beaucoup plus grands que lui, étaient suspendus à ses lèvres. Il se dressa sur la pointe des pieds pour se donner un air plus héroïque.

— Parfait, dit-il. J'ai besoin d'un peu de temps pour réfléchir.

— DÉGAGEZ, bande de nuls ! hurla Rakaï en écartant ses compagnons. LAISSEZ-LE RESPIRER.

Il épousseta un rocher.

— Assieds-toi là, mon ami. Et n'hésite pas à prendre ton temps. Je crois que tu es le seul capable de nous sauver la vie. Tu as survécu à une discussion de vingt minutes avec un dragon monstrueux. Je suppose que tu dois être beaucoup plus intelligent que moi.

Harold était touché par les paroles de l'héritier des Tronchkeks.

— SILENCE ! beugla ce dernier. NOTRE AMI RÉFLÉCHIT.

Une demi-heure plus tard, Rakaï interrompit ses réflexions :

160

— Ah, au fait, j'oubliais… Quel que soit le plan que tu mijotes, j'espère qu'il fonctionnera pour les deux dragons.

— Quoi, il y en a un **AUTRE** ?

— Oui, j'en ai bien peur. Tout à l'heure, pendant que tu discutais avec le grand reptile vert, je suis allé faire un tour en haut du pic de Pabô, le point le plus élevé de l'île. Et j'ai vu un deuxième dragon.

— Bon, allons tous voir à quoi il ressemble.

Le sentier menant vers les hauteurs était jonché de coquillages et d'ossements de dauphins déposés là par la tempête. En chemin, les garçons croisèrent l'épave de l'un des drakkars préférés de Stoïk, *La Belle Aventure*, qui avait coulé sept années plus tôt.

Parvenus au sommet du pic de Pabô, ils jetèrent un coup d'œil circulaire sur l'île de Beurk, ce rocher pelé et grisâtre perdu en plein océan. Au nord, à l'opposé de la plage où la Mort Verte s'était échouée, un dragon dormait dans la crique de la Perdition. Il la remplissait entièrement, ses bourrelets s'étalant jusqu'aux plages voisines. Son menton reposait sur une falaise comme s'il s'agissait d'un confortable oreiller de plumes.

C'était un *Dragonus oceanus gigantus* aux écailles violettes, légèrement plus grand que la Mort Verte.

– La Mort Violette, je suppose, soupira Harold. Tu es sûr qu'il n'y en a pas d'autres ?

Rakaï éclata d'un rire hystérique.

– Deux machines à tuer, ça ne te suffit pas ?

◆ ◆ ◆

Harold exposa sa stratégie. C'était, il faut bien l'avouer, un plan diaboliquement génial. Et totalement désespéré.

– Nous sommes trop petits pour lutter contre ces dragons. Il faut les forcer à se battre **ENTRE EUX**. Nous, les Hooligans, nous concentrerons nos efforts sur la Mort Verte. Vous, les Tronchkeks, vous vous occuperez de la Mort Violette. Nous allons avoir besoin de l'aide de nos propres dragons. Où se cachent-ils, ceux-là ? **Krokmou, où es-tu ? Krokmou, hou, hou !**

Tous les garçons se mirent à brailler le nom de leur animal domestique.

Les vingt dragons se trouvaient à une centaine de mètres de là, cachés dans un épais buisson de fougères, totalement indétectables. Ils suivaient les garçons depuis des heures.

162

— Qu'est-ce qu'on fait ? chuchota Kramedur. Nos anciens maîtres sont dans de sales draps. Ils sont prisonniers de cette île comme des homards dans un aquarium. Nous, nous sommes libres. Nous pouvons nous envoler et partir d'ici quand nous le souhaitons. Je ne vois aucune raison de leur obéir.

— En tout cas, il faut faire quelque chose, et VITE, grogna Krapul. Je commence à me geler les ailes.

— Nous pourrions massacrer ces enfants et les offrir à notre nouveau maître, suggéra Kruelus avec un grognement de plaisir.

— Quoi, à cette chose verte, là-bas, sur la plage? s'étonna Kornebouc. Ce n'est pas une très bonne idée. Il a beaucoup trop d'appétit.

— Je suis d'accord, dit Krapul. Quittons cette île maudite !

— Silence ! ordonna Kramedur. La situation n'est pas claire. Il est trop tôt pour prendre une décision.

Obéissons, pour le moment. Lorsque nous serons certains que les humains n'ont plus la moindre chance de s'en sortir, je vous donnerai le signal de la désertion.

Krapul

Kramedur, Kruelus, Kornebouc, Krapul, Kobra, Krokmou et les autres jaillirent de leur cachette et rejoignirent leurs maîtres.

Alors, Harold put enfin dévoiler toute l'ampleur de son plan diaboliquement génial.

14. Un plan diaboliquement génial

Dix-neuf dragons s'alignèrent devant les garçons.

Krokmou se tenait à l'écart.

— Il est hors de question que je m'approche À MOINS DE CENT MÈTRES d'un *Dragonus oceanus gigantus*. Trop dangereux. Je reste ici pour assister au spectacle.

Harold le cajola, le menaça, le supplia.

En vain.

— Vous avez vu ? ricana Rustik. L'Incapable n'est même pas capable de persuader son propre dragon de participer à son plan pathétique. Vous comptez vraiment sur LUI pour sauver vos misérables existences ?

Halen le Fétide gloussa bêtement.

— Oh, LA FERME, Rustik ! s'exclamèrent en chœur les autres garçons.

— TRÈS BIEN, Krokmou, lança Harold, fais comme tu veux. Mais tu ne sais pas ce que tu rates.

Puis il se tourna vers ses compagnons.

– Voici mon plan : tout d'abord, nous allons ramasser autant de plumes que possible afin de confectionner… des bombes à plumes !

– Des plumes de mouette ! railla Rustik. Cette lavette pense que nous allons terrasser CE monstre gigantesque avec des plumes de mouette ! Ce qu'il lui faut, c'est un bon coup de sabre entre les côtes.

– Quatre-vingt-dix-neuf pour cent des dragons souffrent d'asthme, expliqua calmement Harold. C'est à cause de leur manie de cracher le feu. La fumée irrite leurs poumons.

– Et tu penses vraiment qu'il va tomber raide mort, terrassé par une crise d'asthme à cause de quelques BOMBES À PLUMES ? Autant le gaver de harengs à l'huile et attendre vingt ou trente ans qu'il succombe à une crise cardiaque.

– Je t'explique : les bombes à plumes sont destinées à le déconcentrer et à affaiblir ses capacités. Après, ce sera à nos dragons de jouer. Il faut que je parle à Krom et à Kramedur en particulier.

– Je refuse de mettre *mon* dragon en danger. Ton plan est débile.

– Et moi, JE TE CONSEILLE D'OBÉIR, grinça Rakaï, les mâchoires serrées, en brandissant son énorme poing. Écoute-moi bien, guignol. Si tu ne **PRÊTES** pas ce dragon à Harold, je me chargerai **PERSONNELLEMENT** de te faire faire le tour de l'île à grands coups de sandale dans les fesses.

Puis, se tournant vers Harold, il soupira :

– C'est vraiment un **BOULET**, ce type ! Comment tu fais pour le supporter ?

– **BON, C'EST D'ACCORD**, grogna Rustik. Mais vous ferez moins les malins quand nous aurons tous été transformés en saucisses grillées.

◆ ◆ ◆

Harold supervisa la fabrication des bombes.

Les garçons s'éparpillèrent dans les collines où les mouettes faisaient leur nid et ramassèrent de grandes brassées de plumes. Puis ils s'introduisirent discrètement dans le village pour dérober du tissu : ils firent main basse sur le pyjama de Tronch, sur la tente de Ghor la Béquille, sur le soutien-gorge de Valhallarama… Les adultes étaient trop occupés à se disputer pour remarquer leur manège.

Rustik retrouva un peu de son prestige en démontrant ses formidables talents de pickpocket. Il parvint à subtiliser le slip de Kroupgra alors que ce dernier se trouvait au beau milieu de la foule, sa grosse

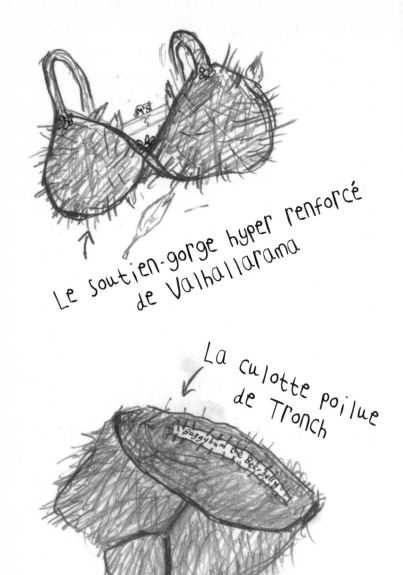

Le soutien-gorge hyper renforcé de Valhallarama

La culotte poilue de Tronch

Baggybum the Beer-Belly

main poilue fourrée dans son pantalon pour gratter son énorme postérieur.

Les garçons fabriquèrent des sacs ingénieux qui s'ouvraient après quelques secondes de vol. Ils les remplirent de plumes, puis ils se divisèrent en deux équipes de dix garçons. Harold et sa bande de Hooligans prirent la direction de la Grande Plage, tandis que Rakaï et ses compagnons Tronchkeks se dirigèrent vers la crique de la Perdition.

Pork la Verrue et Glôk le Nabot tiraient derrière eux les bombes emballées dans un balluchon taillé dans une vieille voile de drakkar. Tout le monde discutait avec excitation. Même Harold et Findus sentaient l'adrénaline couler dans leurs veines à la simple pensée de la bataille qui allait se dérouler.

Mais lorsqu'ils aperçurent le monstre, les garçons se jetèrent à plat ventre, le cœur battant à tout rompre. Ils rampèrent avec une extrême prudence jusqu'au bord de la falaise qui bordait la Grande Plage, puis ils se penchèrent pour observer la terrible créature. L'odeur épouvantable qui se dégageait de ses GIGANTESQUES naseaux rendait l'atmosphère irrespirable. Pork la Verrue, qui avait toujours eu l'estomac délicat, vomit son petit déjeuner dans les fougères. Ce spectacle amusant détendit un peu l'atmosphère.

Harold, Findus et Glôk le Nabot déballèrent les bombes et en distribuèrent une à chaque petit Viking. Ces derniers appelèrent leurs dragons, aussi discrètement que possible, et placèrent les redoutables armes entre leurs mâchoires. Ils s'apprêtaient à commettre un acte insensé. Sauter d'une montagne de trois cents mètres n'aurait pas été plus dangereux.

Harold leva un bras pour attirer l'attention de ses compagnons.

— Vous êtes prêts ? chuchota-t-il.

Ses compagnons hochèrent la tête.

— Un… deux… trois… **À L'ATTAQUE !**

Les neuf dragons piquèrent droit sur l'énorme tête du monstre endormi.

— **MAINTENANT** ! cria Harold.

Ils lâchèrent leurs bombes. Comme prévu, les sacs s'ouvrirent et une pluie de plumes se déversa sur la Mort Verte. La créature se réveilla aussitôt en lâchant un éternuement titanesque. Elle frissonna violemment, puis elle se mit à cracher ses poumons. Ses yeux étaient rouges et larmoyants.

Kramedur, qui planait près de sa tête, lui glissa quelques paroles provocantes à l'oreille :

– Salut, *Dragonus oceanus ridiculus*! Tu as le bonjour de mon maître, la Mort Violette. Figure-toi qu'il a un petit creux, aujourd'hui. Lorsqu'il aura fini de dévorer les barbares, il compte bien te régler TON compte. Fuis, petit poisson, fuis, ou tu tâteras de ses griffes et de son souffle enflammé !

Sur ces mots, le petit dragon frappa son interlocuteur au museau. Cette attaque était insignifiante, pas plus douloureuse qu'une piqûre de moustique, mais le monstre était scandalisé. Il lança la patte en direction de son adversaire, mais rata sa cible, aveuglé par les larmes, et détruisit tout un pan de la falaise.

Les neuf dragons allèrent chercher de nouvelles bombes à plumes et repartirent à l'assaut.

– MAINTENANT ! cria Harold.

Aussitôt les dragons lâchèrent leurs projectiles droit dans les naseaux de la Mort Verte. La créature s'écroula, victime d'une nouvelle quinte de toux.

– Tu ne peux pas gagner, demi-portion, croassa Kramedur. Retourne d'où tu viens et laisse mon maître terminer son repas.

Cette fois, la Mort Verte était vraiment très en colère. Elle bondit sur Kramedur et balaya les airs de ses griffes sans parvenir à déchiqueter sa proie.

— **Encore raté** ! se moqua le petit dragon qui s'amusait comme un fou à esquiver les assauts maladroits de son adversaire.

Le monstre attaqua de nouveau. Kramedur se déplaça vers la plage voisine, l'attirant peu à peu vers la crique de la Perdition.

Harold et les garçons se lancèrent à leur poursuite, mais ils ne tardèrent pas à perdre du terrain. La lande était si humide et boueuse qu'ils avaient l'impression de courir dans une mer de caramel mou. À mesure que Kramedur et le monstre poursuivaient leur course le long du rivage, les petits dragons mettaient de plus en plus de temps à regagner la falaise pour faire le plein de munitions. Tous les grands chefs de guerre ont connu ça. Plus on s'enfonce en territoire ennemi, plus les lignes de ravitaillement s'étirent. Tôt ou tard, le front se retrouve totalement isolé.

Soudain, Kramedur réalisa qu'il ne voyait plus une seule plume voler dans les airs. Son gigantesque ennemi cessa de tousser et de larmoyer. Il fixa sur lui de grands yeux cruels puis, plus rapide que l'éclair, le captura dans sa gigantesque patte. Par chance, à ce moment précis, la Mort Violette

173

apparut au détour d'une falaise. Elle frappa vio-lemment la Mort Verte à l'estomac, si fort que la douleur lui fit lâcher sa proie. Kramedur, choqué mais soulagé de s'en tirer à si bon compte, murmura une dernière provocation à l'oreille de son adversaire :

– Voilà mon maître, l'Horreur Violette, qui va te dévorer des cornes aux ongles des pieds !

Puis le petit dragon héroïque s'enfuit à tire-d'aile. Les deux *Dragonus oceanus gigantus* se ruèrent alors l'un sur l'autre.

15. La bataille de la pointe du Crâne

Comme tu l'avais sûrement compris, cher lecteur, tandis que Harold et son équipe s'escrimaient à faire sortir la Mort Verte de ses gonds, Rakaï le Louche et sa bande avaient de leur côté joué avec les nerfs de la Mort Violette. Suivant scrupuleusement le plan diaboliquement génial, il l'avait progressivement attirée le long du rivage afin de provoquer un affrontement avec son monstrueux congénère. Habituellement, les *Dragonus oceanus gigantus* ne se battent jamais entre eux. Un tel combat finit presque toujours par la mort des deux adversaires. Cependant, la Mort Verte avait été longuement insultée par de minuscules créatures et sa dignité en avait pris un coup. Lorsqu'un gigantesque dragon violet avait surgi de nulle part pour la frapper à l'abdomen, son humeur s'était considérablement assombrie. Elle avait bondi toutes griffes dehors sur son agresseur sans réfléchir, crachant d'énormes gerbes de feu qui avaient embrasé la végétation environnante.

L'île tout entière fut secouée par un violent tremblement de terre. D'un simple coup de patte, la Mort Verte pulvérisa le récif de la Fatalité, un écueil sur lequel des générations de drakkars étaient venues s'échouer. D'un simple frôlement d'aile, la Mort Violette provoqua un prodigieux glissement de terrain. Deux larges collines s'abîmèrent dans l'océan. Les garçons vikings, considérant que leur mission était achevée, fuyaient à toutes jambes la zone des combats. De temps à autre, ils jetaient un coup d'œil furtif en arrière afin de s'assurer que les deux monstres ne s'étaient pas lancés à leurs trousses. Dans un concert de hurlements gutturaux venus du fond des âges, les deux créatures se réduisaient consciencieusement en pièces à coups de crocs et de griffes.

◆ ◆ ◆

Le Dragon de Mer est l'animal le mieux protégé qui ait jamais vécu sur la Terre. Sa peau d'un mètre d'épaisseur, incrustée de coquillages et de fossiles marins, constitue une véritable armure. Hélas, c'est aussi le prédateur le plus dangereux de l'univers. Ses griffes sont capables de déchirer l'acier comme du papier.

Les deux combattants souffraient déjà de terribles blessures. Le sang vert giclait aux quatre vents. La Mort Verte enfonça ses crocs dans la gorge de son ennemi. La Mort Violette planta ses griffes dans le torse de son adversaire. Aucun des deux opposants ne semblait disposé à lâcher prise. Ce spectacle effrayant rappela à Harold un dessin figurant sur le bouclier de son père : deux dragons se mordant la queue, formant un cercle parfait.

Les *Dragonus oceanus gigantus* roulèrent sauvagement dans les vagues, les yeux exorbités. Un raz de marée balaya l'intérieur des terres, emportant les garçons qui se trouvaient pourtant à plusieurs centaines de mètres de la pointe du Crâne. Enfin, après un dernier frisson d'agonie et quelques gargouillements lugubres, les deux monstres s'écroulèrent dans l'eau glacée, inanimés et silencieux.

Les garçons et les petits dragons domestiques s'immobilisèrent, le souffle coupé. Incrédules et terrifiés, ils gardaient les yeux fixés sur les deux créatures sans vie. Ils attendirent de longues minutes, sans dire un mot, tandis que les vagues clapotaient contre les flancs meurtris de leurs ennemis.

— Ils sont morts, dit enfin Rakaï.

Tout danger était désormais écarté.

— Bien joué, Harold ! crièrent en chœur les petits Vikings.

Inquiet, ce dernier tendait l'oreille.

— Je n'entends pas chanter les gros repas. C'est inquiétant.

— Évidemment, banane, ils sont **MORTS**, s'exclama joyeusement Rakaï. Eh, vous tous ! Pour Harold, hip, hip, hip…

— Hourra ! braillèrent les garçons.

— **DÉSERTION** ! hurla soudain Kramedur. **Désertion** ! La Mort Verte venait de soulever son énorme tête des flots. Elle braquait ses yeux jaunes et cruels dans leur direction.

— Aïe ! fit Harold, pour tout commentaire.

Aïe !...

16. Un plan pas si diaboliquement génial

La Mort Verte était à l'agonie et très, très en colère.

– OÙ ES-TU, Petit Repas ? siffla-t-elle entre ses mâchoires ensanglantées. Je savais bien que ton nom me disait quelque chose. Tu es MON destin. C'était écrit depuis la nuit des temps.

Le dragon se releva avec difficulté, les yeux braqués sur les petits humains qui détalaient comme des bêtes traquées vers l'intérieur des terres. Il bascula la tête en arrière et poussa un HURLEMENT à glacer le sang, un cri de VENGEANCE sinistre et terrifiant.

– JE vais TE dévorer avant de disparaître, grogna le monstre.

Il déploya ses ailes titanesques et s'éleva lentement dans les airs.

Harold allongea le pas. Devant lui, à quelques centaines de mètres, quatre cents guerriers hooligans et tronchkeks dévalaient à toutes jambes les pentes du pic de Pabô. Les adultes venaient à la rescousse.

« Ils ne seront jamais là à temps, pensa-t-il. Et puis, voyons les choses en face, ils vont se faire massacrer. » Le dragon atterrit avec fracas au sommet de la falaise. Les vingt garçons coururent se réfugier dans les fougères. La Mort Verte cueillit délicatement le buisson où se cachait Halen et l'envoya voltiger dans les airs.

— *Pas toi*, grinça la créature.

Les autres petits Vikings s'éparpillèrent dans la lande en hurlant comme des possédés. Malgré ses blessures, le dragon était secoué d'un rire sinistre.

— *Inutile de te cacher, Petit Repas. Je n'ai pas besoin de te voir pour te faire RÔTIR !*

Une bourrasque de feu jaillit de la gueule de la Mort Verte. Les garçons bondirent hors de leurs cachettes en flammes et prirent la fuite dans le plus grand désordre. Harold resta immobile. « C'est moi qu'elle cherche, se dit-il. Si je sors de là, je suis perdu. » Mais la chaleur devint vite insupportable. Il prit une profonde inspiration, ferma les yeux et s'élança dans la lande. Il avait à peine parcouru dix mètres lorsqu'il sentit les griffes du dragon se refermer autour de sa taille. Le monstre le souleva jusqu'à son museau et braqua sur lui ses immenses yeux de chat.

— Tu vois ? Nous sommes TOUS LES DEUX des repas à présent.

Sur ces mots, il jeta Harold dans les airs. « Cette fois, c'est sûr, songea ce dernier. LE VOILÀ, le PIRE moment de ma vie. »

Puis il retomba dans la gueule ouverte de la Mort Verte.

17. Dans la gueule du dragon

Les crocs du monstre se refermèrent derrière Harold comme la porte d'une prison. Puis le petit Viking tomba dans le noir absolu, assailli par une puanteur indescriptible.

Soudain, contre toute attente, sa chute s'interrompit brutalement. Il demeura suspendu dans le vide, se balançant lentement, comme un pendule. Le col de son gilet s'était accroché au manche d'un javelot resté planté dans la paroi de l'œsophage du monstre depuis son banquet à la romaine.

Au-dessus de lui, Harold pouvait entendre l'immense langue du dragon claquer comme un lasso dans sa gigantesque gueule. « Il me cherche, pensa-t-il. Il n'avait pas l'intention de m'avaler tout rond. Il voulait me croquer. »

Une immonde cascade de morve fumante dégoulinait de la gorge du dragon. Juste en face de lui, de l'autre côté de l'œsophage, Harold vit une vapeur verdâtre et des bouquets d'étincelles jaillir de deux petits trous dans la paroi gluante.

« Intéressant, se dit Harold. C'est de là que doit
sortir le feu. »

Les biologistes s'étaient interrogés pendant des
siècles sur l'origine du feu que les dragons crachaient
lorsqu'ils étaient en colère. Certains prétendaient

qu'il venait des poumons, d'autres de l'estomac. Harold fut le premier à découvrir les « trous-à-feu », des organes indétectables à l'œil nu sur les dragons de taille ordinaire.

Soudain, il entendit un chant lointain provenant des entrailles du monstre. À l'évidence, les *Dragonus oceanus gigantus* avaient des digestions laborieuses.

Si vous n'aimez pas les humains,
Si leur chair vous paraît trop fade,
Ajoutez-y de la salade,
Vous en ferez un plat divin.

Brusquement, le javelot s'inclina de quelques centimètres. Harold frissonna. « Je suis trop lourd, songea-t-il. Je ne vais pas tarder à rejoindre le grand repas, tout en bas, au fond de cet horrible estomac. » La fumée et la chaleur commençaient à semer la confusion dans l'esprit du petit Viking, à tel point que son sort lui était désormais parfaitement INDIFFÉRENT.

— Il faut bien qu'elle se nourrisse, cette grosse bête ! s'exclama-t-il à haute voix.

Puis les mots de la Mort Verte lui revinrent en mémoire. « *Fais-moi confiance, tu verras les choses différemment quand tu seras dans mon estomac.* »

— Oh non ! Je comprends tout, à présent ! Cette fumée est en train de me faire perdre la raison ! Je dois rester éveillé, je dois rester éveillé, je dois rester éveillé.

C'est alors que le javelot romain se brisa en deux.

18. Le courage de Krokmou

Mais revenons un peu en arrière, cher lecteur.

Tout à l'heure, un Sans Crocs des Ténèbres nommé Krokmou avait refusé de se joindre à la bataille de la pointe du Crâne, préférant rester au sommet du pic de Pabô pour pourchasser les oiseaux et les lapins. Il y prit un tel plaisir qu'il n'entendit pas approcher Stoïk et ses guerriers. Le chef viking l'attrapa sans ménagement par la peau du cou.

– OÙ EST MON FILS ? gronda-t-il.

Krokmou haussa grossièrement les épaules.

– OÙ EST MON FILS ? brailla de nouveau Stoïk, si violemment que la pointe des oreilles du petit dragon frétilla.

Le reptile tendit une griffe vers la pointe du Crâne.

– CONDUIS-MOI LÀ-BAS.

L'air grincheux, Krokmou s'envola. Les deux tribus s'élancèrent dans son sillage.

Ils arrivèrent au moment précis où le terrible monstre propulsait Harold dans les airs avant de l'engloutir comme une cacahuète à l'apéritif.

Soudain, au lieu de prendre la fuite, le petit reptile se conduisit d'une façon totalement inattendue.

Cet événement changea pour toujours la vision du monde de la tribu Hooligan. Pendant des siècles, ils étaient restés persuadés qu'un dragon était incapable d'accomplir un acte généreux et désintéressé. Pourtant, quelque chose avait dissuadé Krokmou de quitter l'île. Au mépris de toutes les lois naturelles, ce petit dragon égoïste s'était pris d'affection pour Harold. Il lui était reconnaissant pour les heures passées à s'occuper de lui, sans jamais pousser un cri, à lui raconter des blagues et à le gaver de gros homards bien juteux.

– NON ! s'exclama-t-il, révolté par ses propres sentiments. **Les dragons sont MÉCHANTS. Ils n'ont pas de cœur ; ils ne connaissent pas la pitié. C'est ça qui leur permet de survivre.**

Pourtant, MALGRÉ LUI, il replia ses ailes et fonça tout droit vers le monstre. Il s'engouffra dans sa narine gauche et entreprit de la chatouiller de la pointe de ses ailes. Le Dragon de Mer bondit dans tous les sens, secouant son museau comme un fou furieux.

– **AAAAAA...** mugit-il.

Au mépris de toute règle de savoir-vivre, il fourra une griffe dans son nez pour tâcher d'en déloger la créature sautillante qui s'y était logée.

– **AAAAAA...** gronda le *Dragonus oceanus gigantus*.

À ce moment précis, à l'intérieur de l'énorme carcasse, le javelot se brisa et Harold fut précipité vers l'estomac de la Mort Verte.

– ... **TCHOOOOOOOOOOOOOOOUM** !

Le dragon laissa enfin échapper un éternuement de légende. Harold, le javelot, Krokmou et une quantité prodigieuse de morve répugnante furent éparpillés dans la campagne environnante.

Tandis qu'il filait dans les airs, le petit dragon se souvint que les petits garçons ne savent pas voler.

Il replia ses ailes et fonça vers Harold qui tombait à vive allure vers le sol. Il attrapa son maître par le bras et parvint *in extremis* à ralentir sa chute. Inconscient, le jeune Viking roula dans les fougères sans se rompre les os. Stoïk rejoignit son fils en courant, puis il fit face au monstre, tenant son bouclier brandi devant lui pour le protéger. Krokmou se cacha derrière le chef viking.

La Mort Verte s'avança d'un pas traînant, dégoulinante de sang vert.

– **L'heure est venue pour nous tous de mourir,** murmura-t-elle. **Mon SOUFFLE ENFLAMMÉ fera fondre ce bouclier comme le soleil une motte de beurre...**

Le monstre ouvrit grand sa gueule et prit une profonde inspiration.

– **Voilà ce qu'il en coûte de ne pas obéir à la loi des Dragons,** grinça Krokmou en s'agrippant au manteau de Stoïk.

Le grand dragon gonfla ses joues. Stoïk et Krokmou attendirent stoïquement que les flammes les réduisent en cendres.

Rien. Pas la moindre flammèche. Même pas une étincelle.

Stupéfaite, la Mort Verte souffla de nouveau.

Sans succès.

Elle essaya encore une fois. Cette fois, sa tête prit une étrange teinte violette, puis elle se mit à enfler comme un ballon de baudruche. Les yeux exorbités, elle n'avait pas la moindre idée de ce qui était en train de se produire. Soudain, elle explosa, là, sous le regard incrédule de Stoïk et de Krokmou. On entendit la déflagration à des milliers de kilomètres. Les barbares crurent qu'il s'agissait d'une intervention de Thor en personne. Pourtant, il y avait une explication logique : quelques minutes plus tôt, tandis qu'il se balançait dans la gorge du monstre, Harold avait ôté son casque et en avait enfoncé les cornes dans les trous-à-feu. Elles s'y emboîtaient à la perfection. Lorsque le dragon avait essayé de souffler, sa pression interne s'était élevée si rapidement qu'il avait tout simplement explosé.

À présent, des bouts de Dragon de Mer volaient dans toutes les directions. Une canine enflammée de deux mètres cinquante – une des plus petites du monstre – fila droit vers Harold qui gisait sur la lande, inconscient et vulnérable. Stoïk anticipa la trajectoire du projectile et brandit son bouclier.

La dent y termina sa course, traversant le disque de bronze de part en part, vibrante et auréolée de flammes bleutées.

Harold était indemne. Les yeux ouverts, il tendait l'oreille. Un son étrange et lointain provenait de la canine elle-même, semblable au chant du vent dans les grottes de corail.

Ô toi, noble baleine bleue,
Tu vas trouver le grand sommeil.
D'un coup de ma puissante queue,
J'effraie la Lune et le Soleil.
À chacun de mes cris perçants,
Les vents se lèvent et plient bagage.
Les vagues bouillonnent, s'affolant,
Et vont mourir sur le rivage.

– Écoutez ! dit joyeusement Harold avant de s'évanouir. Le grand repas chante !

19. Harold le Génial

Les quatre cents Vikings réunis au sommet de la falaise acclamèrent Harold et Krokmou.

C'était un spectacle insolite que ces barbares couverts de gelée de dragon exprimant bruyamment leur joie. Tout autour d'eux, le paysage était dévasté. Une fumée verte, âcre et suffocante restait suspendue dans les airs. Des pans entiers de la pointe du Crâne s'étaient abîmés dans l'océan. D'énormes rochers s'amoncelaient sur la plage. La Mort Violette émergeait des eaux, tout près du rivage. Des entrailles et des os jonchaient la lande qui achevait de se consumer. Bref, c'était un sacré bazar. Par quelque miracle extraordinaire, presque tous les Vikings et leurs dragons avaient survécu à la bataille.

Presque tous.

Lorsque Krokmou avait rampé pour lécher le visage de son maître du bout de sa petite langue frétillante et fourchue, Stoïk remarqua une profonde blessure sur le torse de l'animal. Un sang vert clair s'échappait à gros bouillons de son petit cœur égoïste. La griffe qui avait fouillé la narine de la Mort Verte avait finalement touché sa cible. Trop occupé à chatouiller à mort son ennemi, le Sans Crocs des Ténèbres n'avait rien senti.

Krokmou suivit le regard de Stoïk et aperçut la plaie. Il laissa échapper un cri et s'écroula raide mort.

◆ ◆ ◆

Harold reprit conscience deux jours plus tard dans le grand lit de Stoïk, mort de faim et le corps douloureux. Il faisait nuit. La chambre grouillait de Vikings. Stoïk, Valhallarama, le vieux Clovisse, Findus et la plupart des Anciens de la tribu se trouvaient à son chevet.

Il aperçut Krachebrez et Krodfer, qui se chamaillaient dans les jambes de Stoïk, et Kornebouc, perché au bout du lit. Les dragons avaient regagné l'île aussitôt qu'ils avaient entendu l'explosion. Fidèles à leurs principes, ils n'avaient donné aucune explication concernant leur disparition.

— Il est vivant ! cria Stoïk, triomphant.

S'ensuivit un concert d'acclamations et d'applaudissements. Valhallarama adressa à Harold un puissant coup de poing à la mâchoire. C'est ainsi que toutes les mères vikings manifestent leur affection à leur rejeton.

— Réveille-toi ! lui lança-t-elle. Tout le monde est venu te voir.

Le petit garçon se redressa.

— Ben non, pas tout le monde. Où est Krokmou ?

Les adultes s'échangèrent des regards embarrassés.

— Je suis désolé, fiston, dit tristement Stoïk. Il… il n'a pas survécu. Mais, si ça peut te consoler, sache qu'en ce moment même les membres de la tribu sont en train de lui offrir des funérailles officielles dignes d'un héros. C'est le premier dragon à recevoir cet honneur, et je pense que…

– Eh ! comment sais-tu qu'il est mort ?

– Ben, tu sais, les trucs habituels. Pas de pouls, pas de respiration, une peau froide comme la pierre. Tout ce qui différencie un reptile vivant d'un reptile mort, quoi.

– **BON SANG**, papa, tu n'y connais vraiment **RIEN** ! Tu viens de me décrire les symptômes du **SOMMEIL PROFOND** chez les dragons ! C'est très **BON SIGNE**. Ça prouve qu'il est en train de récupérer de ses blessures.

– Par les moustaches de Thor ! s'exclama Findus. Il y a déjà une demi-heure que la cérémonie a commencé !

– Il faut à tout prix interrompre ces funérailles ! hurla Harold. Les dragons n'ont qu'une faible protection contre le feu. Ils vont le brûler vif !

◆ ◆ ◆

Au port, la cérémonie touchait à sa fin. C'était un spectacle solennel et émouvant. Des millions d'étoiles se reflétaient à la surface de la mer aussi lisse que du verre. Les membres des tribus Hooligan et Tronchkek se tenaient immobiles sur les rochers, chacun portant une torche à la main.

Même Rustik avait ôté son casque en signe de respect, mais il avait beaucoup de mal à dissimuler sa joie.

— C'en est fini du têtard ailé, chuchota-t-il à l'oreille de Halen le Fétide.

— **Voilà ce qu'il en coûte de désobéir à la loi des Dragons,** souffla Kramedur à Kruelus qui se curait les naseaux sur l'épaule de Halen.

Le corps de Krokmou avait été déposé sur un petit drakkar qui s'éloignait de l'île de Beurk, glissant lentement sur le reflet de la lune, entre les épaves calcinées des bateaux de Stoïk et de Ghor. Près du petit dragon se trouvait le bouclier transpercé par la monstrueuse canine de la Mort Verte.

Tronch le Burp, qui avait repris ses esprits et sa dignité, souffla dans sa corne.

— BROOOOOON !

Une trentaine de guerriers hooligans levèrent leurs arcs. Une pluie de flèches enflammées fendirent les airs et vinrent se ficher dans la coque de l'embarcation.

C'est à ce moment précis que Harold, Findus et Kornebouc atteignirent le port.

— NOOON ! tonna le petit héros.

Indignés, les spectateurs tournèrent la tête. Qui osait troubler la cérémonie ?

– **HAROLD !** cria Rakaï le Louche. Tu es en vie.

– Harold ! Harold ! Harold ! scanda aussitôt la foule enthousiaste.

Rustik était anéanti. Lui qui avait déjà eu beaucoup de mal à se faire à l'idée que son rival était mort en héros, il ne pouvait supporter de le voir en vie et, pire que tout, en parfaite santé.

Harold pleurait à chaudes larmes en regardant s'éloigner le petit drakkar dévoré par les flammes. Soudain, au moment même où l'embarcation, le bouclier et la dent géante disparaissaient dans l'océan, un phénomène extraordinaire se produisit. Les ailes largement déployées, Krokmou surgit du brasier, tel le phénix renaissant de ses cendres.

Le petit dragon s'éleva haut, très haut dans le ciel étoilé, traînant derrière lui un sillage incandescent. « Sa queue a pris feu », constata Harold avec anxiété. Il piqua droit vers la mer avant de se rétablir *in extremis* et de pousser ce cri de triomphe qui, rappelons-le, ressemblait étrangement au cri du coq au petit matin.

Quelles qu'aient été les erreurs et les gaffes com-
mises par Krokmou au cours de cette aventure,
cher lecteur, on ne peut que reconnaître son sens
inné du spectacle. C'était un véritable feu d'artifice.
Sous une pluie d'étincelles féerique, il effectuait
des pirouettes, des sauts périlleux, des loopings et
toutes sortes d'acrobaties. La foule, qui quelques
minutes plus tôt portait le deuil de Harold et
de son dragon domestique, applaudissait à tout
rompre.

Finalement, Krokmou plongea dans l'océan pour éteindre le feu qui commençait à consumer les écailles de sa queue, puis il alla se poser sur l'épaule de Harold. Lorsqu'il remarqua les cris d'enthousiasme que sa performance avait provoqués, il poussa un « kro-keli-kro ! » tonitruant.

D'un geste, Stoïk ordonna à la foule d'observer le silence.

– Hooligans et Tronchkeks ! Terreurs des mers, fils de Thor et maîtres des dragons ! Accueillons au sein de notre tribu un nouveau héros : mon fils, HAROLD LE GÉNIAL !

– Vive Harold le Génial ! reprit la foule à pleins poumons.

Ces trois derniers mots se répercutèrent dans les collines puis se perdirent dans le vent nocturne, filant vers le large dans toutes les directions, jusqu'à ce que le monde tout entier apprenne que le petit Viking avait définitivement cessé d'être un incapable.

île de Beurk,
Âges farouches.

Chère professeure yobbish,
Je vous écris pour me plindre
solanèlement de votre livre
Coman aprivoisé votre dragon.
Avé vous personèleman essayé
de crié dan les oreilles
d'un dragon de mère ?
Si vou vené à Beurk,
je vous montrerè de quel
boi je me chôfe.
pa cordialeman du tou,

Stoïk la Brute

Un dernier mot de l'auteur, Harold Horrib'Haddock, troisième du nom, dernier des grands héros vikings

Les dix-neuf garçons qui avaient participé avec moi à la cérémonie d'initiation furent réintégrés au sein de leurs tribus, en récompense des actions héroïques qu'ils avaient accomplies pour lutter contre les deux *Dragonus oceanus gigantus*. La bataille de la pointe du Crâne fait aujourd'hui partie de l'histoire viking. Les bardes ont composé des centaines de chansons pour célébrer la gloire de Harold le Génial et de ses valeureux compagnons.

Hélas, aujourd'hui, les bardes ne courent pas les rues. Depuis ce jour inoubliable, aucun *Dragonus oceanus gigantus* ne s'est manifesté sur nos côtes. Les humains commencent à douter que de telles créatures aient jamais vécu sur notre bonne vieille Terre. Des scientifiques très sérieux affirment même que des monstres aussi gigantesques ne pourraient pas supporter leur propre poids.

Les derniers dragons, ceux qui auraient pu apporter la preuve de l'existence de cette race légendaire, ont regagné la mer, ce monde obscur et silencieux où personne ne viendra les déranger.

Il ne reste que mon propre témoignage. Seulement, l'héroïsme étant passé de mode, j'ai bien peur que personne ne me prenne au sérieux.

Pourtant, peut-être subsiste-t-il encore quelques monstres tapis au fond de l'océan, dormant d'un sommeil profond, indifférents aux poissons intrépides ou inconscients qui nagent entre leurs pattes et pondent des œufs dans leurs oreilles.

Il se pourrait bien qu'un de ces jours les dragons reviennent nous rendre visite.

Alors, le monde aura besoin d'un nouveau héros.

Quand ce temps viendra, les hommes se demanderont s'il est possible d'apprivoiser ces monstres et s'il est raisonnable d'essayer de les combattre.

J'espère que ce livre sera plus utile aux peuples du futur que l'ouvrage du professeur Yobbish ne l'a été pour moi.

Chaque nuit, je fais le même rêve : au plus profond de la mer, je découvre un bouclier incrusté de coquillages et de corail transpercé par une dent de deux mètres cinquante. Je penche la tête – oh, pas trop près ! – et j'entends un son très faible, très lointain :

Autrefois, j'incendiais la mer
D'un souffle jailli de mon corps.
J'étais si puissant, si sévère,
Que mes proies m'appelaient la mort.

Toi, chante avant qu'on ne te mange
Cette mélodie douce-amère,
Car le démon, tout comme l'ange,
Un jour redeviendra POUSSIÈRE.

Pour moi, le grand repas n'a jamais cessé de chanter.

À PROPOS DE L'AUTEUR

Comment dresser votre dragon est le premier volume des mémoires de Harold, le célèbre auteur du livre référence *Les dragons vikings et leurs œufs,* qui décrit dans leurs moindres détails tous les reptiles volants connus à ce jour.

Harold et Krokmou

Il a également publié *Le dragonais facile* et *Sirènes et autres monstres marins*. Il collabore régulièrement au mensuel *Dragon Magazine*.

À PROPOS DE LA TRADUCTRICE

Cressida Cowell vit à Londres avec son mari Simon, ses filles Maisie et Clémentine, et ses chats Lily et Baloo. Outre sa

Cressida Cowell et Lily et Baloo

traduction des mémoires de Harold, elle a aussi écrit et illustré de nombreux albums pour la jeunesse.

Retrouve Harold et Krokmou dans leurs autres aventures :
- Comment devenir un pirate
- Comment parler le dragonnais
- Comment dompter une brute complètement givrée
- Comment faire bouillir un dragon

ISBN 978-2-203-12946-7

Déposé au ministère de la Justice, Paris
(loi n° 49.956 du 16 juillet 1949 sur les publications destinées à la jeunesse).
Dépôt légal : juin 2005 ; D. 2005/0053/235
Imprimé en Espagne.